LFE!

Jo Franklin

# Hilfe, ich bin ein Genie!

*Für Cedric und Eleanor*
J. F.

MIX
Aus verantwortungsvollen Quellen
FSC® C022120

5 4 3 2 1

ISBN 978-3-649-61793-8


Originaltitel: Help! I'm a Genius!
Published by arrangement with Margot Edwards working with the Anne Clark Literary Agency – www.anneclarkliteraryagency.co.uk
Aus dem Englischen von Christine Spindler
Illustrationen: Der Anton
Lektorat: Frauke Reitze
Satz: FSM Premedia GmbH & Co. KG
Printed in Slovakia
www.coppenrath.de

Das ebook erscheint unter der ISBN 978-3-649-62204-8.

Jo Franklin

# HILFE, ICH BIN EIN GENIE

Aus dem Englischen von Christine Spindler
Mit Illustrationen von Der Anton

COPPENRATH

# 1. WAS IHR ÜBER DEN IQ MEINER FAMILIE WISSEN SOLLTET

Alle Mitglieder meiner Familie sind absolute Intelligenzbestien – alle außer mir. Ich weiß nicht, wie es kommt, dass ausgerechnet ich ein Kendal bin. So heißen wir nämlich.

Leider bin ich zu jung, um daheim auszuziehen, darum muss ich hier wohl noch eine Weile als einzige Hohlbirne durchhalten.

Dad ist Dozent an der Uni. Er bringt schlauen Leuten bei, wie sie noch schlauer mit ihrem Gehirn umgehen können. Sein Beruf nennt sich Neurowissenschaftler, aber fragt mich nicht, was das bedeutet, ich bin schließlich keiner seiner Studenten.

Dad bewahrt sein Gehirn meistens auf unserem Kühlschrank auf. Natürlich nicht sein eigenes – das befindet sich ja in seinem Schädel (zumindest glaube ich das). Das Gehirn, das auf dem Kühlschrank steht, ist aus Plastik und lässt sich in zwei Hälften teilen, sodass man hineinsehen kann.

Die Firma, die Dads Gehirn gemacht hat, hat die verschiedenen Teile mit seltsamen und mir völlig unbekannten Namen beschriftet. Dad hat noch weitere Schildchen draufgeklebt, als er mir die Teile des Gehirns erklärt hat. Es funktioniert ungefährt so – glaube ich:

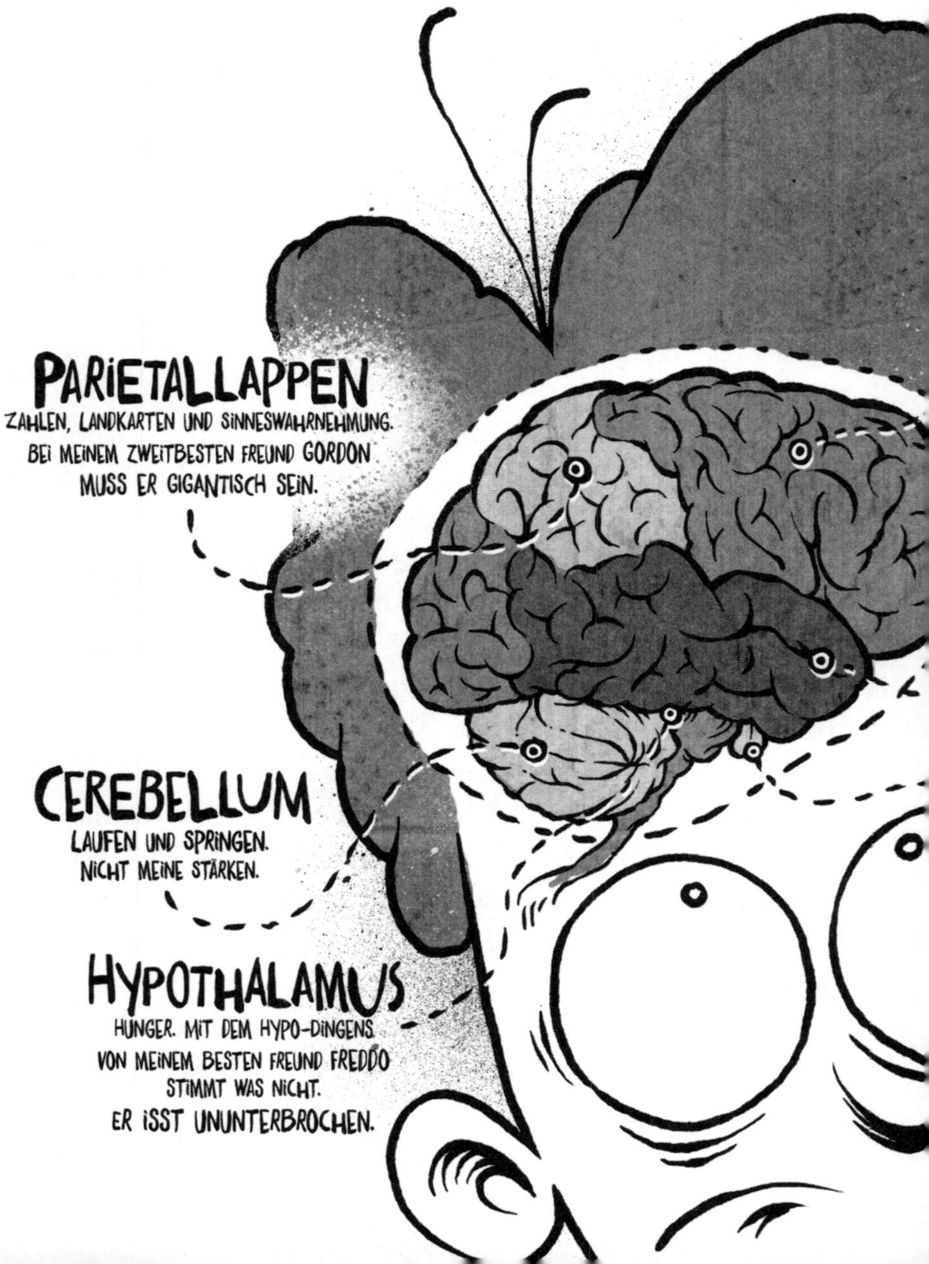

Mum ist zwar keine Gehirnexpertin, aber sie weiß alles über jedes andere Thema. Sie arbeitet seit Kurzem im Schulsekretariat. Zum Glück nicht an meiner Schule. Nach nur einer Woche kannte sie die Namen und die Lieblingsfarben aller Kinder und wusste, welche Kleidergrößen sie trugen, auch wenn sie es nicht zugeben wollte. Jetzt kennt sie auch noch die Geheimnisse aller Eltern, da sie die E-Mails des Schulleiters liest. Die Eltern nennen sie „den Dobermann“. Sie findet das witzig. Ich auch.

Mum ist sehr aufbrausend und hat einen ausgezeichneten Geruchssinn. Wenn mein bester Freund Freddo eine Tüte Chips in mein Zimmer schmuggeln will, sagt sie ihm gehörig die Meinung. (Kein Essen im oberen Stockwerk! So lautet eine ihrer Regeln.) Darum nennen Freddo und ich sie Dober-Mum, seit sie diesen neuen Job hat. Ich sage ihr das nicht direkt, weil ich nicht glaube, dass sie das ebenfalls für witzig hält, und außerdem habe ich Angst, dass sie mich dann vielleicht beißt.

Meine unfassbar nervige ältere Schwester Jessie dagegen tut nur so, als wüsste sie alles. Tatsächlich weiß sie alles über ihre Lieblingsband *One Direction*. Und da sie nur über dieses eine Thema redet, ist sie in ihrer eigenen Welt ein Superhirn.

Mein Bruder Timmy ist erst zwei Jahre alt. Ich glaube, man kann fairerweise sagen, dass er noch keine Intelligenzbestie ist. Er weiß aber genau, wie er seinen Willen durchsetzen kann, besonders bei Dad:

Wenn Timmy etwas will und Dad Nein sagt, dann presst er die Lippen zusammen und hört auf zu atmen. Erst wird er rot im Gesicht, dann weiß. Als Nächstes würde er blau anlaufen, aber da gerät Dad in Panik, denn

wenn man die Luft anhält, nimmt die Sauerstoffzufuhr im Gehirn ab, und Zillionen von Hirnzellen sterben. So bekommt Timmy von Dad alles, was er will.

Bleibe noch ich, Daniel, elf Jahre alt. Die Wachstumshormone haben bei mir vor allem auf den Körper gewirkt, nicht so aufs Gehirn. Darum bin ich ziemlich groß, aber nicht besonders schlau.

Mum und Dad sind sehr enttäuscht, glaube ich, dass ich nicht so viel Hirnschmalz habe wie sie. Letztes Jahr bekam ich zu Weihnachten von ihnen ein Buch geschenkt mit dem Titel: »Eine Million erstaunliche Fakten für Jungs.« Ich kenne immer noch keine der erstaunlichen Fakten, weil ich das Buch benutze, um das wacklige Bein an meinem Bett abzustützen.

Mum und Dad wetteifern immer, wer von ihnen schlauer ist, und versuchen, schneller als der andere die Fragen in Quizsendungen wie *Wer wird Millionär?* zu beantworten. Ich brauche gar nicht erst zu versuchen, da mitzuhalten, ich würde jedes Mal den Kürzeren ziehen. Da wetteifere ich lieber mit meinem besten Freund Freddo, wer von uns die größere Hohlbirne ist.

In den Klassenarbeiten hat Freddo normalerweise immer die schlechteste Note. Darauf ist er total stolz. Ich versuche, ihn noch zu unterbieten, aber bisher ist es mir nicht gelungen. Vielleicht habe ich ja doch ein paar Gehirnzellen geerbt.

Freddo und ich stellen eine Liste von Bezeichnungen für Hohlbirnen zusammen – eine für jeden Buchstaben des Alphabets. Bis jetzt haben wir nur die hier gefunden:

Aber heute habe ich zum ersten Mal selbst etwas Erstaunliches in Erfahrung gebracht, sogar noch bevor Mum es herausfand.

Ich wollte mich gerade auf den Schulweg machen, als die Post kam. Ein richtig dicker Umschlag wurde durch den Briefschlitz geschoben. Er war an Dad adressiert und in den USA frankiert worden. Doch bevor ich ihn fragen konnte, was das für ein Brief ist, riss Dad ihn mir aus der Hand.

»Sag Mum nichts davon«, sagte er. »Es ist eine Überraschung.«

In diesem Moment kam Mum mit Timmy auf dem Arm die Treppe runter. Dad stopfte den Brief hinten unter seinen Pullover.

»Zeit für die Schule, Dan«, sagte Mum. Dann stellte sie Timmy auf den Boden, packte mich an den Schultern und setzte ihren Gedankenlesetrick ein – sie starrte mir in die Augen, um herauszufinden, was ich im Schilde führte.

Dabei versuchte ich doch nur, Dads USA-Überraschung geheim zu halten. Doch die Vereinigten Staaten von Amerika sind riesig und mein Gehirn ist winzig. Das Geheimnis versuchte mit allen Mitteln zu entwischen.

»Ich bin spät dran«, sagte ich schnell, duckte mich unter ihren stählernen Dober-Mum-Klauen weg und flitzte aus dem Haus.

Ich hoffe, dass Dad ihr (und mir) schon bald erzählt, was es mit seinem Geheimnis auf sich hat, sonst explodiert mein Minihirn!

# 2. ÄRGER MIT CHIPS

Auf dem Weg in die Schule überlegte ich die ganze Zeit, was es mit dem Brief aus den USA auf sich haben könnte. Mum wollte immer schon Urlaub in Amerika machen, aber Dad fliegt nicht gern, darum unternehmen wir keine Flugreisen. Letztes Jahr hat Mum ihn zu einem Kurs angemeldet: »Mit Hypnose die Flugangst bekämpfen.« Vielleicht hat er seine Angst ja jetzt überwunden und als Überraschung eine USA-Reise gebucht. Das wäre klasse. Wir könnten einen richtigen Cowboy-Urlaub machen!

Wir könnten ins Guinness-Buch der Rekorde kommen, indem wir an einem einzigen Tag alle Fenster am Empire State Building putzen.

Oder wir könnten mit verbundenen Augen über den Grand Canyon balancieren.

Am liebsten möchte ich aber nach Florida und alle Freizeitparks besuchen, Disneyland zum Beispiel oder die Universal Filmstudios. Außerdem scheint dort immer die Sonne, das würde Mum gefallen.

Ja, ich schätze, dass Dad mit uns nach Florida fliegen wird. Das wird unser coolster Urlaub aller Zeiten!

Als ich die Tür zum Klassenzimmer öffnete, wurde ich von Geschrei begrüßt.

»Mehr! Mehr! Mehr!«, riefen alle, aber ich konnte nicht erkennen, wovon sie mehr wollten, weil so viele aufgespannte Regenschirme mir den Blick versperrten.

»Ich schlage vor, dass Sie sich schützen, Mr Kendal.« Mein zweitbester Freund, Gordon, das Superhirn, stand direkt neben der Tür. Über seinem Blazer trug er einen langen, flatterigen Regenponcho aus Plastik. Seinen geliebten Laptop hatte er sich wie üblich mit einer Schnur um den Hals gehängt, wie einen Bauchladen, aus dem man Süßigkeiten verkauft. Doch da das Regencape darüber hing, sah es so aus, als würde er sehr bald ein Kind bekommen.

Gordon ist nicht nur ein schlimmer Alleswisser, sondern auch ein übler Sauberkeitsfanatiker, der wirklich alles Erdenkliche tut, um nicht schmutzig zu werden – aber dieses Outfit hatte ich noch nicht gesehen.

»Was soll das denn?«, fragte ich und deutete auf seinen Poncho.

»Ich musste einen Schutzanzug improvisieren«, erklärte er. »Ich habe einen bestellt, aber der wurde noch nicht geliefert. Es ist ein beschichteter Ganzkörperanzug für höchste Beanspruchungen mit eingebauter Atemmaske. Er schützt vor Anthrax, Sarin und radioaktiver Strahlung. In so einem Ding kann ich drei Stunden lang überleben.«

»Wovor musst du dich denn hier schützen?«

Mit zitterndem Finger deutete Gordon auf die Kinder, die immer noch im Sprechchor riefen.

»Essen! Essen! Essen!« Sie trampelten mit den Füßen und hämmerten mit den Fäusten auf die Tische. Ich sprang auf einen Stuhl, um mir eine bessere Übersicht zu verschaffen.

Freddo und Rooner, der Kapitän der Fußballmannschaft, saßen einander gegenüber und stopften sich Chips in den Mund. Der Boden war übersät mit leeren Chipstüten.

Rooners und Freddos Backen hatten dicke Beulen und ihre Gesichter waren mit fettigen Krümeln paniert.

Nicht schon wieder ein Chips-Wettessen! Wann gibt Rooner endlich auf? Freddo ist der Chips-Champion. Er tut zwar immer so entspannt, aber in Wirklichkeit ist er der ehrgeizigste Mensch, den ich kenne, wenn es um Wettkämpfe geht.

Freddo leckte sich die Lippen und schluckte schwer. Er packte eine weitere Handvoll Chips und schaufelte sie sich in den Mund.

»Freddo geht in Führung!«, rief Spike.

Rooners Backen blähten sich bedenklich, als er versuchte, die ganzen frittierten Kartoffeln in seinem Mund samt Zusatzstoffen herunterzuschlucken. Sein Gesicht verfärbte sich grünlich.

Gordon flüchtete in die entfernteste Ecke des Klassenzimmers und duckte sich tief in seinen Schutzanzug.

Jemand öffnete eine Packung Chips mit Käse-Zwiebel-Geschmack und hielt sie Rooner unter die Nase. Rooner presste sich die Hand auf den Mund und sah sich mit hervorquellenden Augen hektisch um.

Freddo kaute immer noch, aber es sah nicht gut aus. Sein ganzer Körper wabbelte wie eine ausgeleierte Waschmaschine, während er zu schlucken versuchte.

In diesem Augenblick betrat Mr Pitdown die Klasse.

»Was ist hier los?« Unser Lehrer zupfte am einen Ende seines Schnurrbarts. Alle verstummten. Man konnte nur noch hören, wie Freddo mampfte und Rooner würgte.

Dann hielten die beiden Chips-Gegner inne, schlossen die Augen und standen schließlich reglos da.

»Setzt euch, ich habe etwas Wichtiges zu verkünden.«

Freddo und Rooner rissen gleichzeitig die Augen auf. Ohne Vorwarnung explodierte aus ihren Mündern Chips-Konfetti wie Lava bei einem Vulkanausbruch.

# 3. KEINER WILL GEWINNEN

»Was zum …?« Es gibt Wörter, die ein Lehrer nicht sagen darf, sonst wird er sofort entlassen. Leider verstummte Mr Pitdown, bevor er eins dieser Wörter sagen konnte.

»Tut mir leid, Sir«, sagte Rooner. Freddo fegte die Chipskrümel mit den Füßen auf dem Boden herum.

Mr Pitdown befahl Freddo, einen Besen zu holen. Sein Gesichtsausdruck war so versteinert, als hätte er sich in eine Brunnenfigur verwandelt.

»Was für ein enttäuschender Start in den Tag«, sagte er, während er vor der Klasse auf und ab ging. »Dabei habe ich für euch ein aufregendes Quiz mitgebracht. Das ist eure Chance, dieses Jahr bei der Superhirn-Meisterschaft unsere Schule zu repräsentieren!«

Freddo sah mich quer durchs Klassenzimmer an und rollte mit den Augen. Ich rollte ebenfalls mit den Augen. Von uns beiden würde keiner es schaffen, so viel war klar.

»Das Quiz wurde von Mr Biggend und einigen anderen Lehrern erstellt. Die erste Frage stammt von mir, worauf ich sehr stolz bin.« Mr Pitdown streichelte seinen Schnurrbart und lächelte wie eine Schlange.

Ich weiß nicht, ob Schlangen wirklich lächeln können, aber ich wette, dass sie manchmal selbstgefällig aussehen, auch ohne den doofen Schnurrbart.

Der Rest der Klasse murmelte aufgeregt.

Rooner grinste Spike an und sie zeigten sich gegenseitig den hochgereckten Daumen.

Susan Albright spitzte ihren Bleistift.

Keine Ahnung, warum sie meinten, sie hätten eine Chance. Es würde nur einen Sieger geben.

Gordon erhob sich, zog den Regenponcho aus und legte ihn sorgfältig zusammen, bevor er ihn zusammen mit dem Laptop in seine Aktentasche gleiten ließ. Er rückte seinen Stuhl zurecht und legte die Hände flach auf den Tisch. Seine Fingerspitzen tanzten leicht auf der Schreibtischplatte, als bedienten sie eine unsichtbare Tastatur. Gordon war bereit.

»Das ist ein Privileg«, sagte Mr Pitdown, während er zwischen den Tischen herumging und die Bögen mit dem Quiz verteilte.

»Nein, das ist komplette Zeitverschwendung«, zischte ich Freddo zu.

Freddo stocherte sich auf der Suche nach Resten seines Chips-Siegs mit den Fingern im Mund herum. Er war immer noch grün im Gesicht und nicht in der besten Verfassung für ein Quiz. Er konnte nur mies abschneiden.

Das war endlich meine Chance, Freddo in unserem persönlichen Hohlbirnen-Wettkampf zu schlagen, ohne daheim Ärger zu bekommen. Mum und Dad wussten nichts von der beknackten Superhirn-Meisterschaft. Sie würden also nicht enttäuscht sein, wenn ich versagte, da sie ja nicht mal wussten, dass ich an dem Quiz teilgenommen hatte. Es galt: jetzt oder nie! Zum ersten Mal konnte ich es mir leisten, noch weniger Punkte zu machen als Freddo.

»Ihr habt eine Stunde Zeit für die Fragen. Fangt bitte jetzt an!«

Freddo und ich zeigten uns gegenseitig die nach unten gerichteten Daumen. Gleichzeitig zückten wir unsere Stifte und …

Abgespaced! Ich wusste doch tatsächlich die Antwort auf die erste Frage:

WIE LAUTET DER ZWEITE VORNAME VON JAMES T. KIRK, DEM CAPTAIN VON RAUMSCHIFF ENTERPRISE IN DER STAR-TREK-SERIE?

Freddo und ich mochten *Star Trek*, sowohl die Klassiker als auch die neuen Filme, aber das haben wir Mr Pitdown nie verraten, und wir laufen auch nicht mit Spock-Ohren aus Plastik herum. Die Frage war ein Kinderspiel. Freddo sah zu mir rüber und machte den Vulkanier-Gruß.

Schwungvoll kreuzte er eine der vorgegebenen Lösungsmöglichkeiten an. Die vier Antworten, die wir zur Auswahl hatten, lauteten:

A TIBERIUS B TREVOR
C TREKKIE D TIMOTHY

Natürlich war die richtige Antwort Tiberius. Aber ich zögerte, ob ich sie ankreuzen sollte.

Diese Gedanken schossen mir dabei durch den Kopf:

1. Wenn ich die richtige Antwort ankreuzte, könnte Mr Pitdown merken, dass ich ein *Star Trek*-Fan war, und würde sich vielleicht mit mir anfreunden wollen.

2. Wenn ich die falsche Antwort ankreuzte, würden andererseits alle denken, dass ich den zweiten Vornamen meines Helden Captain Kirk nicht kannte.

3. Ich wollte unbedingt weniger Punkte absahnen als Freddo.

Eine der Hirnzellen, die ich von Dad geerbt hatte, meldete sich im entscheidenden Augenblick zu Wort und brachte mich auf eine Idee.

Ich kreuzte an:

A TIBERIUS

Dann füllte ich den Rest des Fragebogens nach dem Zufallsprinzip aus, ohne überhaupt die Fragen durchzulesen.

Ich wusste, dass versehentlich ein paar richtige Antworten darunter sein würden, aber das machte nichts. Meine Lösung war idiotensicher. Ich würde keinen einzigen Punkt bekommen!

In Mr Pitdowns Notenheft würden neben »Daniel Kendal« keine Punkte stehen, weil er gar nicht wissen würde, welcher Test von mir stammte. Ich schrieb meinen Namen nämlich nicht auf das Blatt.

Endlich würde ich Freddo schlagen und der ultimative Hohlbirnen-Champion sein.

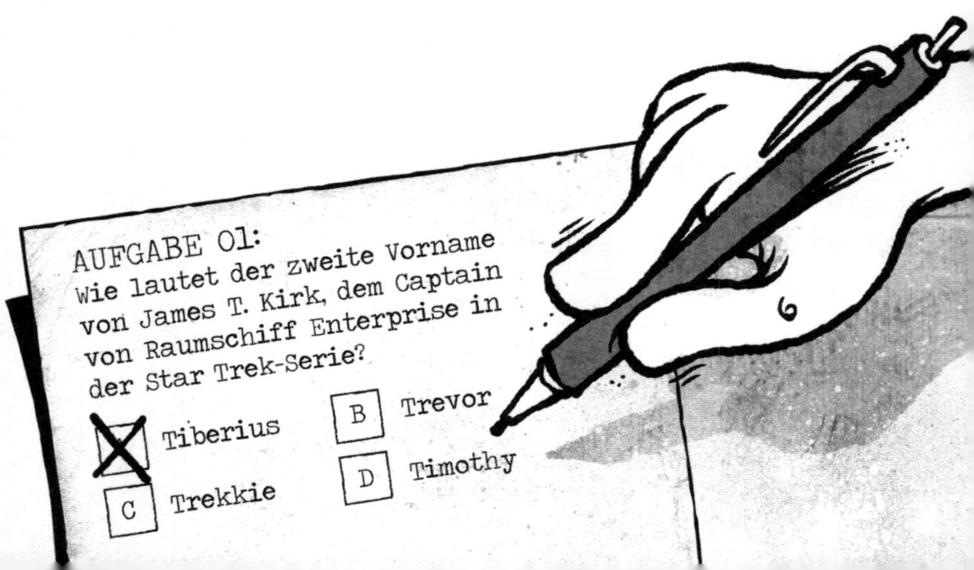

# 4. EXPLOSIONS-GEFAHR!

»Was glaubst du, wie schlecht du abgeschnitten hast?«, fragte ich Freddo, als Mr Pitdown uns in die Pause entließ.

»Obermies«, sagte er.

»Ich auch.«

»Ich wette, ich war schlechter«, behauptete Freddo.

»Ich wette, nicht«, sagte ich.

»Ich wette, doch.«

»Um was wetten wir?«, fragte ich herausfordernd.

»Zehn Pfund«, sagte Freddo.

Das war für mich das Taschengeld von fünf Wochen. Für Freddo war es nur das Taschengeld einer Woche.

Ich lag Mum und Dad ständig in den Ohren, dass sie mir ein mikroskopisch kleines Taschengeld zahlten.

»Freddo bekommt zehn Pfund in der Woche«, ließ ich sie wissen. »Und seine Eltern kaufen ihm alles, was er will und wann er es will.«

»Freddos Dad hat einen Laden«, sagte Dad. »Er bekommt alles zum Einkaufspreis, das ist viel billiger, als wenn man es selbst im Laden kauft.«

»Und wofür gibt Freddo sein Taschengeld aus?«, sagte Mum. »Für Chips!«

»Er mag Chips«, sagte ich. »Sie machen ihn glücklich. Ich bin nie glücklich, denn wenn ich meine zwei Pfund Taschengeld für eine winzige Tüte Chips ausgeben würde, hätte ich den Rest der Woche nichts mehr übrig.«

»Dann kauf dir keine Chips«, sagte Mum und ging aus dem Zimmer.

»Wenn ich mein *Simpsons*-Comic-Abo kündige, kann ich dann das Geld dafür haben?«, fragte ich Dad.

»Nein.«

»Warum nicht?«

»Es ist vielleicht nur ein Comic, aber den liest du wenigstens«, sagte Dad. »Chips kann man nicht lesen.«

Und damit war das Thema »Ich brauche mehr Taschengeld« wieder einmal beendet.

»Ich wette um zehn Pfund, dass ich weniger Punkte habe als du«, wiederholte Freddo.

»Die Wette gilt!«, sagte ich und schlug ein. So leicht hatte ich noch nie zehn Pfund verdient.

»Wo ist Gordon?«, fragte Freddo und steckte ein paar Münzen in den Süßigkeitenautomaten.

»Ich schätze, er schmiedet Pläne für seine Fahrt zum Finale der Superhirn-Meisterschaft«, sagte ich.

Freddo fuhr mit einem Finger die Knöpfe des Automaten entlang.

»Ich weiß nicht, ob ich Chips noch mag.« Wehleidig rieb er sich den Magen.

»Wie wär's mit einem Schokoriegel?«, schlug ich vor. Der Automat bot eine Riesenauswahl.

»Schlecht für die Zähne«, sagte Freddo.

»Aber wenigstens bekommst du davon keinen Mundgeruch.«

»Mag ja sein, aber Mundgeruch ist eins meiner Markenzeichen. Falls ein blinder Freund mich auf der Straße trifft und ich rieche nach Marsriegeln, dann würde er mich nicht erkennen.«

»Ich wusste nicht, dass du blinde Freunde hast.«

»Lass es mich anders ausdrücken: Falls ich Gordon treffe, wenn er gerade seine Brille nicht aufhat, würde er mich nicht erkennen.«

»Stimmt«, sagte ich.

»Ich wechsle zu Erdnussflips.«

Freddo drückte den Knopf und eine Flips-Packung fiel aus dem Automaten.

Gordon kam aus dem Klassenzimmer. Der Laptop hing an der Schnur um seinen Hals, und seine Augen waren starr auf den Monitor gerichtet, während er auf uns zukam. Hinter ihm lief Mr Pitdown.

»Gut gemacht, Gordon.« Unser Lehrer gab Gordon einen freundlichen Klaps auf den Rücken und legte ihm den Arm um die Schultern.

»Gleich geht's los!« Ich packte Freddo und zog ihn zur Seite. »Mach dich auf eine Streberexplosion gefasst.«

Gordon blieb stehen, stocksteif und mit verzerrtem Gesicht, als wäre er in eine Wolke aus Tränengas geraten. Seine Augen flackerten, seine Brust hob sich stoßweise.

»Ich freue mich schon auf deine Punktzahl. Ich bringe die Tests zu Mr Biggend, damit er sie gleich korrigiert.« Mr Pitdown trommelte mit den Fingern auf Gordons Schulter, dann schlenderte er mit dem Stapel Fragebogen unter dem Arm davon.

Gordon bebte, als wäre ein Hausgeist von Hogwarts direkt durch ihn hindurchgelaufen. Doch anstatt zu explodieren, wühlte er in seiner Tasche und holte eine kleine Spraydose hervor. Er sprühte einen Nebel aus Desinfektionsmittel um sich herum, dann besprühte er noch seine Schultern, bis sein Blazer feuchte Flecken bekam.

Gordon trug wie immer seinen vorgetäuschten Schulblazer (an unserer Schule gab es keine offizielle Uniform, doch Gordon bestand darauf, *ordentlich* auszusehen), ein Hemd, Krawatte und ziemlich sicher auch eine Weste (wie ich Gordon kenne). Aber jetzt hatte einer seiner Mitmenschen ihn angefasst. Er würde mindestens drei Stunden brauchen, um darüber hinwegzukommen.

Mr Pitdown war offensichtlich kein Superhirn. Selbst Freddo und ich wussten, dass man Gordon nicht anfassen durfte.

# 5. UND DER SIEGER IST …

An diesem Nachmittag fand eine Versammlung nur für die sechsten Klassen statt. Mr Biggend, der Schulleiter, stand auf der Bühne und sah über unsere Köpfe hinweg auf die Rückwand der Aula.

»Die Superhirn-Meisterschaft wurde 1977 ins Leben gerufen«, sagte er und sprach dabei betont deutlich. »Ich bin stolz darauf zu sagen, dass der Name Biggend der Erste war, der auf den Wanderpokal für den Sieger graviert wurde, denn, Kinder: Ich war der erste englische Superhirn-Champion!«

»Biggend ist ein Großkotz«, tuschelte ich Freddo zu.

»Nun hoffe ich Jahr für Jahr, dass einer meiner Schüler sich als würdig erweist, für unser Land an der Meisterschaft teilzunehmen. Zu verlieren würde natürlich eine entsetzliche Schmach bedeuten, nicht nur für den Schüler, sondern auch für die Schule und für ...«, er räusperte sich, »... mich.« Sein Mund dehnte sich nach rechts und links aus und unter seiner Nase erschien eine Reihe von Zähnen: Mr Biggend lächelte.

»Jemand sollte einen Arzt holen«, sagte ich.

»Seit ich Lehrer geworden bin, habe ich jedes Jahr die Schüler der sechsten Klassen einem verteufelt schweren Test unterzogen. Ich habe mir selbst geschworen, nur dann einen Schüler zur Superhirn-Meisterschaft anzumelden, wenn er alle Fragen des Tests richtig beantwortet. Das ist bisher nie passiert und so konnte ich zu meiner großen Enttäuschung den Pokal der Superhirn-Meisterschaft nie wieder in den Händen halten. Heute jedoch, liebe Sechstklässler ...« Mr Biggend breitete die Arme aus und schloss die Augen.

»Mit wem redet er?«, fragte Freddo.

»Mit sich selbst«, sagte ich. »Er schaut auf die Innenseiten seiner Augenlider.«

»Zum ersten Mal in meiner Laufbahn als Lehrer weiß ich ein Superhirn in unserer Mitte. Einer von euch hat alle Fragen richtig beantwortet.«

Ungläubiges Gemurmel brandete auf. Ein paar Kinder stießen sich gegenseitig an. Einige schüttelten die Köpfe.

Freddo sah zu Gordon rüber. Gordon rückte seine Krawatte zurecht und glättete seinen Blazer.

»Mit großer Freude verkünde ich jetzt den Sieger, der unsere Schule dieses Jahr bei der Superhirn-Meisterschaft vertreten wird. Nachdem ihr ihm gratuliert habt, könnt ihr heimgehen, aber zunächst …« Endlich sah Mr Biggend uns an. Seine Augen suchten die Reihen von Gesichtern nach seinem Superhirn ab.

»Steh auf, Kumpel«, rief Freddo Gordon zu. »Dann haben wir's hinter uns.«

Gordon blinzelte hastig, ein Zeichen dafür, dass er Freddo absichtlich ignorierte. Er würde erst aufstehen, wenn Mr Biggend seinen Namen genannt hatte.

»Herzlichen Glückwunsch an unser Superhirn«, Mr Biggend warf einen Blick auf das Blatt in seiner Hand, »Daniel Kendal.«

# 6. NEIN, NEIN, NEIN!

Was ging denn da ab?

Der ganze Sechserjahrgang drehte die Köpfe und starrte mich an.

Ich, ein Superhirn? Wie hatte das passieren können? Ich hatte mir ja nicht mal die Testfragen auf dem blöden Bogen durchgelesen!

Ich habe das kleinste Gehirn der Welt und weiß absolut nichts über irgendwas. Ich hatte einfach nach dem Zufallsprinzip irgendwelche Antworten angekreuzt. Wie konnte ich dabei jedes Mal richtiggelegen haben? Außerdem hatte ich noch nicht mal meinen Namen auf das Blatt geschrieben, also konnte Mr Pitdown gar nicht gewusst haben, dass es mein Bogen war!

Da war irgendwas gründlich schiefgelaufen. Mein Plan war sabotiert worden. Mein Magen zog sich zum schlimmsten Seemannsknoten aller Zeiten zusammen, und ich dachte, ich würde gleich der Dritte sein, der sich heute in der Schule übergeben musste.

Der Saal brach in Applaus aus. Alle aus meiner Klasse jubelten. Alle außer meinen beiden besten Freunden.

Gordon zuckte mit keinem Muskel, aber seine Augäpfel traten fast aus ihren Höhlen hervor, und seine Lippen verschwanden in dem schmalen Spalt, der sonst sein Mund war.

Ich wusste, was dieser Blick bedeutete. Gordon war außer sich vor Wut. Er war das Superhirn, nicht ich. Das wusste jeder, aber aus einer bizarren Laune des Schicksals heraus hatte ich ihm seine Chance gestohlen, der ganzen Welt zu zeigen, was für ein Genie er war.

»Gordon, es tut mir leid …« Aber Gordon antwortete nicht. Ich glaube, er hatte mich gar nicht gehört. Seine hervorquellenden Augen mussten irgendwie sein Gehör geschädigt haben. Er schob sich an mir vorbei und rammte dabei mit seinem kostbaren Laptop meinen Arm.

Ein Albtraum! Mein zweitbester Freund hatte seinen Laptop als Waffe eingesetzt. Das konnte nur eines bedeuten: Er würde nie wieder mit mir reden.

»Was bist du denn für ein Freund?«, regte sich Freddo auf. »Freunde halten zusammen. Sie behaupten nicht, dass sie einen Test verhauen, und sahnen dann die volle Punktzahl ab! Ich habe sogar die *Star Trek*-Frage absichtlich falsch beantwortet, damit wir zwei gemeinsam als Schlechteste abschneiden können.« Er warf mir eine leere Chipstüte an den Kopf. »Du schuldest mir zehn Pfund, du verlogener Penner!« Er stürmte Gordon hinterher.

»Aber ich habe gar nicht …«, versuchte ich zu sagen, doch Freddos Hinterkopf hörte mir überhaupt nicht zu.

Das war die absolute und totale Katastrophe. Ich hätte nie gewinnen dürfen. Ich bin eine Hohlbirne. Und jetzt bin ich eine Hohlbirne ohne Freunde und schulde einem

meiner Freunde fünf Wochen Taschengeld, das ich gar nicht habe.

»Gut gemacht, Dan!« Rooner schlug mir auf den Rücken, als er an mir vorbeiging. »Hätte nicht gedacht, dass du das packst. Hast du Zeit für ein paar zusätzliche Hausaufgaben?«

»Nein!«

»Ich zahl dir auch was.«

Das war unglaublich! Rooner war bereit, ein paar Kröten auszuspucken, wenn ich seine Hausaufgaben machte. Er musste den Verstand verloren haben, mir zu vertrauen, weil ich doch als Hohlbirne bekannt war.

»Mach deine Hausaufgaben selber!«

Ich konnte unmöglich die Hausaufgaben für Rooner machen. Ich schaffte ja nicht mal meine eigenen. Er würde ausflippen, wenn er seine Hausaufgaben von Mr Pitdown zurückbekam und sie über und über mit Rotstift bekritzelt waren.

»Mein Geld ist dir wohl nicht gut genug.« Rooner zuckte die Schultern und ging.

Ich wusste nicht, was ich dazu sagen sollte. Ich brauchte das Geld, weil ich Freddo zehn Pfund schuldete. Aber ich könnte mit Hausaufgaben nie genug Geld verdienen, um meine Schulden abzubezahlen.

Mr Biggend schob sich durch die Menschentraube, um mir zu gratulieren. Er schüttelte meine Hand.

»Kenny Daniels, ich bin so stolz auf dich.«

So stolz, dass er sich noch nicht mal meinen Namen richtig gemerkt hatte!

»Die Superhirn-Meisterschaft ist der Beginn einer großartigen Zukunft. Dieses Jahr Superhirn-Champion, nächstes Jahr schon Kandidat bei *Wer wird Millionär?*. Ehe du dich's versiehst, wirst du noch ein richtiger Intelligenzbolzen.« Er sah aus dem Fenster und schüttelte betrübt den Kopf. »Ich wollte immer ein Intelligenzbolzen sein.«

Ich hatte keine Ahnung, was er da faselte. Ich war weder ein Superhirn, noch würde ich ein Intelligenzbolzen werden.

»Wenn du gewinnst, werden wir es feiern. Anstelle des Mathematik-Tags, den ich am Ende des Schuljahres abhalten wollte, wird es eine Party geben.«

Die Kinder, die noch in Hörweite waren, jubelten.

»Gut gemacht, Dan!«

»Großartig!« Sie patschen mir auf den Arm, weil ich so groß bin, dass sie mir nicht auf die Schulter klopfen konnten.

»Und was hast du jetzt vor, Kenny?« Mr Biggend tätschelte meinen Rücken.

»Heimgehen«, sagte ich. Meine Beine zitterten, und ich befürchtete, ich könnte ohnmächtig werden. Ich brauchte dringend frische Luft.

»Aber natürlich, was habe ich mir nur gedacht? Geh ruhig heim, mein Junge. Geh heim und erzähl deiner Familie die tollen Neuigkeiten. Kinder«, rief Mr Biggend laut, »macht Platz für das mächtige Superhirn!«

Die Menge teilte sich, und alle klatschten, als ich auf die Tür zustolperte. Mr Pitdown stand mit fest verschränkten Armen an der Tür.

»Daniel«, sagte er und hob die rechte Augenbraue so weit, dass sie in den Falten auf seiner Stirn verschwand. »Ich frage mich, wie du das geschafft hast.«

Das fragte ich mich auch.

»Ich freue mich darauf zu erleben, wie du im Finale gegen die RICHTIGEN Superhirne abschneidest.« Er leckte seine Finger an und strich seinen Schnurrbart glatt.

»Hmm«, murmelte ich. »Ich muss dann mal los.«

Das war eine Katastrophe! Nicht nur, dass ich mich auf geheimnisvolle Weise für einen Wettbewerb mit lauter hyperintelligenten Leuten qualifiziert hatte, sondern nun erwartete auch noch jeder von mir, dass ich seine Hausaufgaben machte und die Meisterschaft gewann.

Meine Gedanken überschlugen sich, als ich mir vorstellte, was alles passieren würde, wenn ich bei der Meisterschaft null Punkte einheimste.

- Mr Biggend würde einen Nervenzusammenbruch erleiden.

- Mr Pitdown würde ekelhaft triumphieren, weil er recht behalten hatte.

- Mr Biggend würde die Party absagen und stattdessen den Mathe-Tag abhalten.

- Ich würde mit meiner vor Scham knallroten Hohlbirne über den Schulhof laufen, alle würden mich verhöhnen und diesmal würden Freddo und Gordon mit einstimmen.

Ich würde die absolute Demütigung erleben. Niemals würde ich es ins Finale der Superhirn-Meisterschaft schaffen.

Aber die Superloser-Meisterschaft würde ich ziemlich sicher gewinnen.

# 7. SCHADENSBEGRENZUNG

Als ich heimkam, steckte Jessie gerade den Schlüssel in die Haustür. Sie beachtete mich überhaupt nicht und schlug mir die Tür vor der Nase zu, bevor ich einen Fuß über die Schwelle setzen konnte, sodass ich ausgesperrt war.

Dober-Mum findet, dass ich erst einen eigenen Schlüssel bekommen sollte, wenn ich in die Oberstufe gehe. Jessie weiß das, aber es macht ihr Spaß, mich draußen auf dem Bürgersteig stehen zu lassen wie ein Häufchen Hundescheiße.

Es war schlimm genug, dass ich nicht allein in das Haus meiner eigenen Familie hineinkam. Aber wenn hinter dem Namen Kendal bei der blöden Meisterschaft NULL PUNKTE auftauchten, dann würde meine Superhirn-Familie mich endgültig verstoßen.

Ich würde für immer draußen auf dem Bürgersteig bleiben.

Ich versetzte dem Klingelknopf mehrere Stöße mit dem Kopf. Dabei musste ich ein paar Hirnzellen aufgeweckt haben, denn mir wurde klar, dass ich die Schande deutlich verringern konnte, wenn ich meiner Familie einfach NICHTS über die Superhirn-Meisterschaft erzählte.

»Ich mache gerade Tee«, sagte Mum, als sie mir öffnete. »Komm in die Küche. Was ist heute in der Schule so passiert?«

»Nichts«, sagte ich wie üblich.

»Ticker!«, sagte Timmy und deutete auf seine Brust. »Ticker, Dan-Dan.«

Ich kniete mich hin, um mir den runden rosa Sticker anzuschauen, auf den er zeigte.

»Timmy hat heute in der Kinderkrippe seinen ersten Sticker bekommen«, sagte Mum. »Du bist so ein schlauer Junge, nicht wahr, Timmy?« Mum nahm ihn hoch und wirbelte ihn herum. »Da fällt mir etwas ein.« Mum stellte Timmy auf den Boden. »Dieser Brief ist für dich gekommen, Jess.« Sie drückte Jessie einen Umschlag in die Hand.

Ich glaube, sie wusste schon, was drin war, denn jetzt sprang unsere Dober-Mum auf und ab und ließ die Zunge heraushängen wie ein Dober-Welpe, der gleich Futter bekommt.

»Ooh!«, quiekte Jessie. »Das Ergebnis von meinem Vortanzen im Stepptanz. Was glaubst du, wie ich abgeschnitten habe?«

»Das spielt doch keine Rolle. Hauptsache, du hast dein Bestes gegeben!«

Das sagt Mum immer, aber ich habe oft genug den enttäuschten Ausdruck auf ihrem Gesicht gesehen, wenn sie meine Zeugnisse liest, darum weiß ich, dass sie es nicht wirklich so meint.

»Yippieh, ich habe eine Auszeichnung bekommen!«, jubelte Jessie, nachdem sie den Umschlag aufgerissen hatte.

»Gut gemacht. Ich wusste es!« Mum schloss Jessie in die Arme. »Ich bin so stolz auf dich.«

»Gut gemacht, Jessie.« Das wäre die Reaktion gewesen, die auch von mir erwartet wurde. Aber ich machte mir gar nicht erst die Mühe, es zu sagen, denn so laut, wie meine supererfolgreiche Schwester kreischte, hätte sie mich sowieso nicht gehört.

»Wenn du so weitermachst, müssen wir bald anbauen.« Mum deutete auf die Wand, die über und über mit Zertifikaten und Auszeichnungen vollgehängt war. Sie nennt sie unseren Schrein der Anerkennung. Jeder von uns hat seinen eigenen Abschnitt darauf.

Von mir hängt dort mein Seepferdchen-Abzeichen, das ich mit sechs Jahren bekommen habe, weil ich regelmäßig zum Schwimmunterricht gegangen bin.

Außerdem ist da noch ein Führerschein zu bewundern, den in Legoland jeder bekommt, wenn er den Eintritt für die Kinderfahrschule bezahlt. Und das war's. Elf Jahre ohne einen einzigen Erfolg!

»Timmy, du bekommst eine Karte, auf die du deine Sticker kleben kannst«, sagte Mum gerade, als Dad mit einem breiten Lächeln zur Tür hereinkam.

»Hallo zusammen!«, rief er. »Ratet mal, was für tolle Nachrichten ich habe.«

Der Urlaub in den USA! Daran hatte ich überhaupt nicht mehr gedacht. Hurra! Endlich mal Neuigkeiten, bei denen keiner aus meiner Familie damit angab, was für Erfolge er eingeheimst hatte. Was kümmerten mich die blöde Superhirn-Meisterschaft oder der leere Fleck im Schrein der Anerkennung. Wir würden Disneyland, die Universal Filmstudios und Seaworld sehen!

»Alle mal herhören.« Dad legte eine gekünstelte, dramatische Pause ein, dann zog er einen Briefbogen aus seiner Jackentasche und klatschte ihn an den Schrein der Anerkennung. »Ich habe einen neuen Job angeboten bekommen. Eine Beförderung!«

»Fantastisch!«, riefen Mum und Jessie gleichzeitig und schlangen ihre Arme um Dad zu einer Gruppenumarmung. Timmy schob sich zwischen ihre Knie und umarmte Dads Beine.

Eine Beförderung war definitiv kein Urlaub in Florida. Und an der Wand war kein Platz mehr für Dads Erfolge. Er hatte bereits zwei akademische Grade, einen Doktortitel, einen Magister Artium und eine Zillion Diplome. Er hatte sogar eine Urkunde von seinem Zahnarzt, der ihm ein perfekt sauberes Gebiss bescheinigte. Und nun kam noch eine Beförderung dazu, weil er seine Arbeit so großartig machte.

Mir war nicht nach einer Kendal-Familienumarmung. Ich wollte in Urlaub fahren.

»Ich liebe dich!«, sagte Mum und küsste Dad mitten auf die Lippen.

Ich wandte mich ab. Knutschende Eltern sind absolut eklig.

»Bekomme ich ein neues Handy, wenn du eine Gehaltserhöhung kriegst?«, fragte Jessie.

»Du kannst alles haben, was du willst. Es ist eine gewaltige Gehaltserhöhung. Neuer Job, neues Handy, neues Zuhause.« Dad grinste. »Meine neue Stelle ist in den USA! Amerika, wir kommen!«

# 8. WO?!

Die drei Buchstaben hingen in der Luft wie Heliumballons, die sich losgerissen hatten. Sie waren etwas Besonderes, aber man kam nicht an sie ran.

»Amerika?«, durchbrach Mums Stimme die eisige Stille.

»Das wird großartig«, sagte Dad. »Wir bekommen von der Universität ein riesiges Haus, ein Auto und alles, was wir brauchen. Du wolltest doch immer nach Amerika, Liz, und jetzt hast du die Chance dazu.« Dad zog Mum an sich. »Seit du mich in diesen Kurs gegen Flugangst geschickt hast, ist mir klar geworden, wie viel ich von der Welt verpasst habe. Wir alle. Als sich mir diese Möglichkeit bot, habe ich mich beworben. Und jetzt wollen sie mich und meine beiden Gehirne.« Dad nahm das Plastikgehirn vom Kühlschrank in die eine Hand und klopfte sich mit der anderen an den Kopf.

Mum sagte nicht viel. Ich glaube, sie hatte etwas Staub ins Auge bekommen, denn sie betupfte es mit einem Taschentuch.

»Fantastisch!«, sagte Jessie. »Ich werde mich in New York an der Akademie für Darstellende Künste bewerben.« Und dann sang sie etwas aus dem doofen Musical, in dem sie letzten Sommer aufgetreten war. *Fame! I'm going to live forever!* Sie vollführte in der Küche einen Stepptanz und warf die Arme in die Luft.

»Diesmal nicht, Jessie«, sagte Dad. »Wir ziehen nicht nach New York. Wir ziehen nach Albuquerque.«

»Alber-was?«, stammelte Jessie.

»Albuquerque, New Mexico«, sagte Dad mit dämlichem Grinsen.

»Mexiko?«, kreischte Jessie. »Ich ziehe nicht nach Mexiko!«

»NEW Mexico, USA«, sagte Dad.

»Ich ziehe auf keinen Fall nach Alberquickly!«

»Wie findest du es denn, Dan?« Dad schien sich plötzlich daran zu erinnern, dass Jessie kein Einzelkind war.

Ich hatte mich wieder mal getäuscht. Wir würden keinen Urlaub in den USA machen, sondern an diesem fernen Ort mit dem seltsamen Namen leben. Es war noch gar nicht lange her, dass ich vorgehabt hatte, von zu Hause abzuhauen und auf einen Planeten am anderen Ende des Universums zu ziehen. Ich hatte mich letztlich dagegen entschieden. Albu-sonst-was hörte sich im Moment allerdings genauso weit weg an.

»Weiß nicht«, sagte ich.

»Diese Chance könnte dir guttun«, sagte Dad. »Neue Schule, neue Regeln. An einer amerikanischen Schule wärst du vielleicht besser.«

»Wie meinst du das?«, fragte ich.

»Dad meint, dass du nichts in der Birne hast, du Erbsenhirn«, sagte Jessie.

»Ich bin kein Erbsenhirn!«, regte ich mich auf. Ich weiß, dass mein Gehirn größer ist als eine Erbse, denn sonst könnte ich hören, wie es in meinem Schädel herumkullert. Aber das Wort gefällt mir. Ich werde es zu unserer Hohlbirnen-Liste hinzufügen.

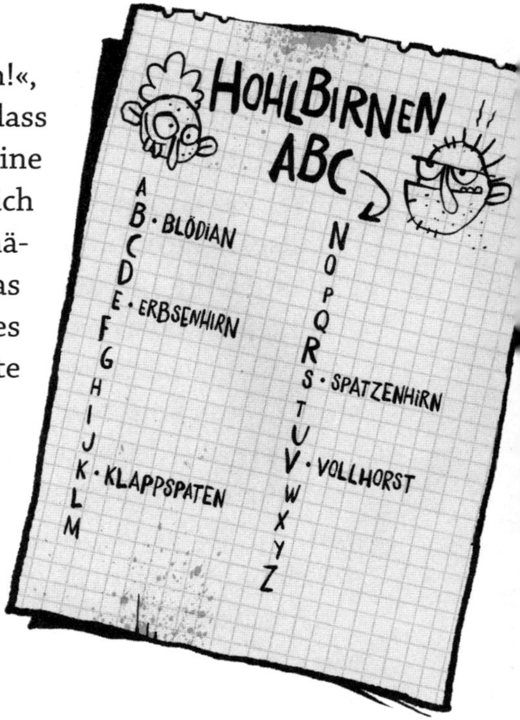


»Bist du doch!«, sagte Jessie.

»Das reicht, Jessie«, sagte Mum. »Du bist kein Erbsenhirn, Daniel. Aber vielleicht bist du manchmal wirklich etwas denkfaul.«

»Da irrst du dich!«, sagte ich. Ich hatte genug davon, dass meine Familie mich für blöd hielt. Das war ich nämlich nicht! Ich hatte zwar keine Angeberzertifikate oder Doktortitel, aber in Wahrheit stellte ich mich nur dumm an, um Freddo zu übertrumpfen.

Bevor ich wusste, wie mir geschah, gab es in meinem Gehirn einen Kurzschluss, der Wörter erzeugte, die einfach ohne mein Zutun aus meinem Mund sprangen. »Ich soll meine Schule bei der Superhirn-Meisterschaft vertreten. Sogar Gordon habe ich geschlagen. Ich hatte im Test die volle Punktzahl!«

»Wirklich?«, staunte Mum.

»Das ist ja großartig, Dan!« Dad sah Mum an. Mum sah Dad an. Ich wusste, was sie dachten.

»Ich bin wirklich stolz auf dich«, sagte Dad.

»Das ist erstaunlich. Gut gemacht, Daniel!« Mum umarmte mich.

»Was kann man gewinnen?«, wollte Jessie wissen. Der Zufallsgenerator für ihre Launen sprang zwischen ZWEIFEL und GIER hin und her.

»Einen Wanderpokal mit meinem Namen«, sagte ich.

»Das ist alles? Bekommst du dazu auch einen Wanderstock? Dann könnte ich dich damit aufspießen.«

»Das reicht, Jessie. Rob, du musst im Schrein der Anerkennung ein Regalbrett anbringen, auf das wir Dans Superhirn-Pokal stellen können.«

»Ich habe doch noch gar nicht gewonnen!«

Ich wusste, dass das passieren würde. Ich hätte die Meisterschaft nicht erwähnen dürfen. Mum mutierte vor Begeisterung zu einem Dober-Welpen, der Schokolade bekam. Ihr stand eine entsetzliche Enttäuschung bevor.

»Der beknackte Pokal interessiert mich überhaupt nicht. Ich war noch nicht mit dem Thema Alberquickly fertig.« Jessie schob mich zur Seite. »Ich will da nicht hin. Ich will bei meinen Freunden bleiben.«

»Ich habe auch Freunde«, sagte ich.

»Ihr werdet neue Freunde finden«, behauptete Dad.

Ich? Machte er Witze? Ich hatte nur zwei Freunde, von denen zurzeit keiner mit mir sprach.

»Wenn ich solche Freunde hätte wie du, dann würde ich Mum und Dad anflehen, lieber heute als morgen wegzuziehen«, sagte Jessie. »Meine Freunde sind ganz anders. Sie sind mein Leben.«

»Ich dachte, *One Direction* wäre dein Leben«, sagte ich.

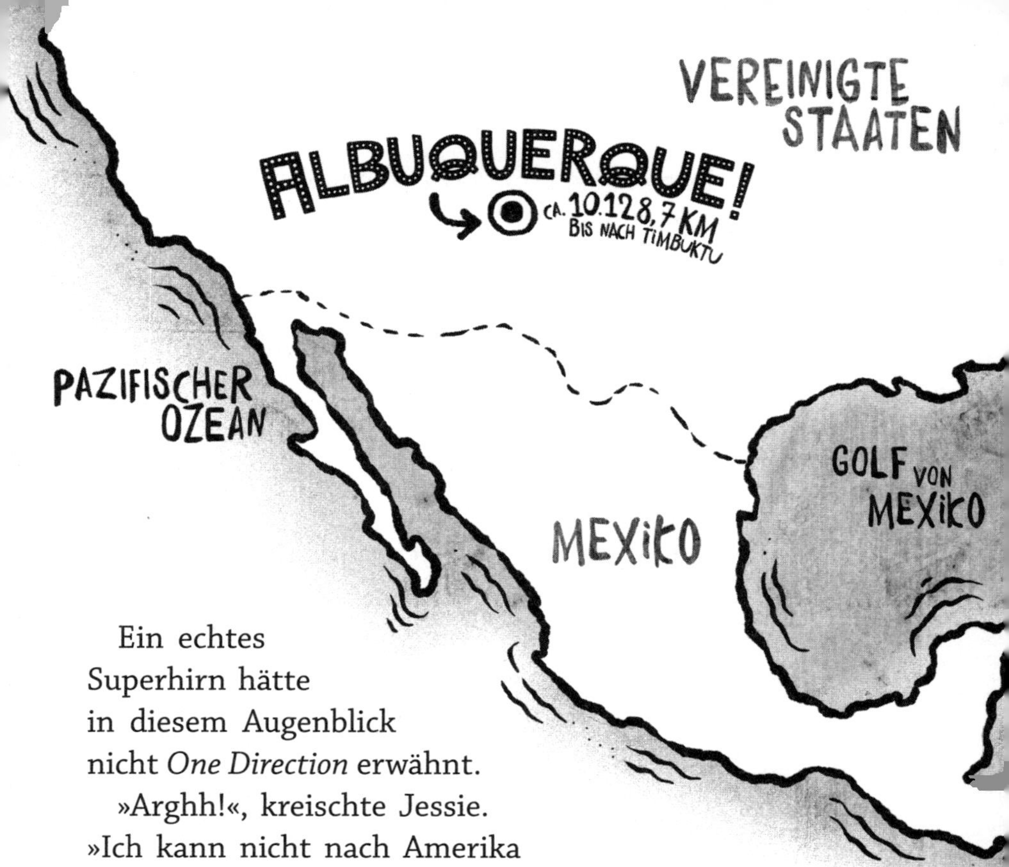


Ein echtes Superhirn hätte in diesem Augenblick nicht *One Direction* erwähnt.

»Arghh!«, kreischte Jessie. »Ich kann nicht nach Amerika ziehen. Dann verpasse ich ja nächstes Jahr die Europatournee von *One Direction*. ICH KOMME NICHT MIT!«

Jessie hatte recht. Ich war ein Erbsenhirn.

Ich überließ sie ihrem Streit mit Mum und Dad und ging in mein Zimmer. Ich wusste nicht, was schlimmer sein würde: mich vor meinen Freunden als Sieger der Superloser-Meisterschaft zu blamieren oder meine Freunde zu verlassen (falls sie überhaupt noch meine Freunde waren) und mit meiner Familie ins Ausland zu ziehen.

Wo war dieses Alber-sonst-wie? Ich kramte meinen Atlas hervor und blätterte ihn durch. New Mexico war ganz unten auf der Karte der USA, nördlich von Mexiko. Und mittendrin lag der Ort Albuquerque.

Ich saß immer noch mit dem Finger auf der Landkarte da, als Jessie in mein Zimmer gestürmt kam.

»Das ist ALLES deine Schuld!«

»Aber …«

Ihr Blick fiel auf die Stelle, auf der mein Finger lag.

»Wo ist das? Bei Timbuktu?«

Jessie schnappte sich den Atlas.

»Ich weigere mich, an einen Ort zu ziehen, der zwei Q im Namen hat. Das ist abartig.«

»Er hat außerdem drei U«, bemerkte ich.

»Hör mir gut zu, kleiner Bruder.« Jessie schob mir den Atlas unters Kinn und drückte mir dabei fast die Luft ab. »Ich ziehe nicht irgendwo in die Ödnis, an einen Ort mit einem unaussprechlichen Namen, den kein Schwein buchstabieren kann. Dad glaubt nur, dass wir umziehen müssen, weil du so ein Blödmann, Tölpel und Flachkopf mit zwielichtigen Freunden bist.«

Ich freute mich über zwei neue Wörter für die Hohlbirnen-Liste.

»Das stimmt doch gar nicht!«, widersprach ich. »Es ist wegen seines neuen Jobs dort drüben.«

»Ha! Das hat er behauptet, aber kaum hast du diese blöde Superhirn-Sache erwähnt, hat er komplett vergessen, dass er nach Amerika ziehen wollte. Du MUSST diese dämliche Meisterschaft gewinnen, um zu beweisen, dass du nicht so unterbelichtet bist, wie Dad denkt, dann brauchen wir hier nicht wegzuziehen!«

Sie knallte mir den Atlas an den Kopf und stürmte hinaus. Ich saß da und hörte meinem winzigen Erbsenhirn zu, wie es in meinem Schädel herumkullerte.

Ich wollte genauso wenig wie sie nach Albuquerque ziehen, aber Dads Pläne waren überhaupt nicht meine Schuld und ich würde niemals die Meisterschaft gewinnen. Wir konnten also genauso gut gleich anfangen, für Amerika zu packen.

# 9. Genial daneben

»Habt ihr jemals von Albuquerque gehört?«, fragte ich Freddo und Gordon am nächsten Tag in der Pause, um zu testen, ob sie mit mir sprachen oder nicht.

»Ich möchte nicht über die Hauptstadt von New Mexico reden, die 555.000 Einwohner hat und auf 35°06'39" nördlicher Breite und 106°36'36" westlicher Länge liegt.« Gordons Laptop war aufgeklappt, aber sein Blick war ausnahmsweise fest auf mich gerichtet. »Ich möchte über den Qualifikationstest für die Superhirn-Meisterschaft reden.«

»Tut mir leid«, sagte ich. »Ich weiß nicht, was passiert ist. Magst du das hier haben? Dad hat es auf einer Konferenz geschenkt bekommen.« Ich reichte Gordon einen coolen Datenstick, der wie ein Vorhängeschloss geformt war und auf dem »Top Secret« stand. Gordon nickte und riss ihn mir aus der Hand, ohne mich zu berühren.

Geschafft! Ein Freund war zurückerobert.

»Du bist ein verdammter Betrüger!«, zeterte Freddo. »Ich dachte, wir wetten darum, wer der Schlechteste ist.«

»Ich bin kein Betrüger«, sagte ich. »Ich wollte wirklich

schlecht abschneiden. Genau wie du wusste ich die Antwort auf die *Star Trek*-Frage. Aber danach habe ich nur geraten. Magst du ein paar Chips?«

»Hältst du mich für käuflich?«, fragte Freddo.

»Das ist nur ein Friedensangebot«, sagte ich.

»Welche Geschmacksrichtung?«, wollte Freddo wissen.

»Zwölf Packungen in allen Geschmacksrichtungen.« Ich zog eine Plastiktüte aus der Schultasche.

»Tolle Auswahl!«, sagte Freddo und griff zu. »Aber erwarte nicht, dass ich noch mal ein Chips-Wettessen veranstalte. Davon habe ich endgültig die Schnauze voll.«

Großartig! Freddo hatte ich auch zurückerobert.

»Wie hast du die zweite Frage beantwortet, die nach dem Wert von Pi?« Gordon begann, sich zu schniegeln. Dieses Ritual kannte ich noch gar nicht. Zuerst glättete er seine Augenbrauen, dann überprüfte er, ob über seinen Ohren Haare abstanden und am Ende zupfte er sich an der Nase. Dabei sah er mich unentwegt an.

»Es gab keine Frage zu Pipi«, sagte Freddo.

»Ging es in der zweiten Frage nicht um ägyptische Grabmäler?«, fragte ich. »Jedenfalls war da ein Bild von einem Grabeingang.«

π

»Nein, Mr Kendal, es ging um den Wert von Pi.« Wenn Gordon sich langweilt, nennt er mich immer Mr Kendal. Er drehte den Laptop in meine Richtung. Auf dem Monitor war das Bild eines Grabeingangs. »Das ist der griechische Buchstabe π«, behauptete Gordon.

»Wie kann der einen Wert haben?«, fragte ich.

»Ich muss pinkeln«, sagte Freddo.

»π ist, wie ihr wissen solltet, das Verhältnis zwischen dem Radius und dem Umfang eines Kreises und beträgt ungefähr 3,14159265358979«, sagte Gordon. »Und damit kann man auch das Kugelvolumen und die Kugeloberfläche ausrechnen.«

»Das kann sich doch kein Mensch merken«, meinte ich.

»Doch, mit einfachen Merksätzen. ›Die Kugel ist kein Hühnerei, vier Drittel Pi mal R hoch drei. Und was sie auf dem Leibe hat, ist vier mal Pi mal R Quadrat.‹ Das ist eine Technik aus der Mnemonik«, belehrte er uns.

Freddo gähnte.

»Ich habe nicht den blassesten Schimmer, was du da faselst«, sagte ich. »Und wie man sich so eine elend lange Zahl merken kann, ist mir auch schleierhaft.«

»π lässt sich auch als Bruch ausdrücken, Mr Kendal«, dozierte Gordon weiter. »Am einfachsten merkt man sich zweiundzwanzig geteilt durch sieben.«

»Und wie merkt man sich *das*?«, fragte ich.

Gordon zuckte die Schultern.

Freddo nahm einen Block und einen Stift aus meiner Schultasche und kritzelte etwas darauf. »Zwei kleine Enten über der Glückszahl Sieben«, sagte er.

»Pfiffig«, sagte ich. »Frag mich danach.«

»Wie berechnet man Pi?«, fragte Freddo.

»Zweiundzwanzig geteilt durch sieben«, antwortete ich und sah Gordon an, ob er das abnickte.

»Stimmt. *Jetzt* kannst du es«, sagte er. »Aber Mr Bigg-

end sagte, du hättest im Test *alle* Fragen richtig beantwortet. Wie konntest du die volle Punktzahl erreichen, wenn du π für den Eingang eines Grabmals hieltest?«

»Keine Ahnung«, sagte ich. »Ich hab ja nicht mal meinen Namen auf den Fragebogen geschrieben.«

Gordon runzelte die Stirn. »Ich auch nicht.« Seine Wangen verfärbten sich rosa. »Ich habe das am Anfang leider vergessen. Aber nachdem alle das Klassenzimmer verlassen hatten, habe ich meinen Fehler sofort korrigiert.«

»Was willst du damit sagen?«, fragte Freddo.

»Ich habe es Mr Pitdown erklärt, und er hat mir gestattet, meinen Namen noch nachträglich auf den Bogen zu schreiben.«

»Auf deinen oder auf Dans Bogen?« Freddo deutete mit einem Kopfnicken auf mich.

Gordon schloss einen Moment lang die Augen. Seine Lider zuckten leicht. Ich glaube, er versuchte sich ins Gedächtnis zu rufen, was passiert war. Dann klappten seine Augen auf und er sah mich an. Aber das war nicht der übliche Streberblick mit den eng zusammenstehenden Augen, sondern ein Paar hervorquellender Teufelsaugäpfel.

Wenn Gordon nicht bekommt, was er will, dann kriegt er diese Monsteraugäpfel. Normalerweise sind Augäpfel weiß und mit einem Zickzackmuster aus hellroten Adern durchzogen. Die sieht man aber für gewöhnlich nicht,

weil sie in der Augenhöhle verborgen liegen. Wenn Gordon sich aufregt, dann quellen seine Augäpfel so weit aus ihren Höhlen, dass sie fast seine Brillengläser berühren.

»Mein Name ist auf deinem Bogen gelandet«, sagte Gordon mit monotoner Roboterstimme.

»Nur, wenn du ihn selbst da draufgeschrieben hast«, sagte ich.

»Es muss ein Irrtum vorliegen«, sagte Gordon.

»Ja! Ein fataler Irrtum!«, sagte Freddo. »Du hast deinen Namen auf Dans Testbogen geschrieben! Hast du denn nicht erkannt, dass er nicht in deiner Handschrift ausgefüllt war?«

»Da war nichts Geschriebenes. Wir mussten doch bloß Kreuze machen neben den richtigen Buchstaben«, erinnerte ich ihn.

»Alle Bögen unterschieden sich nur durch die Namen, die oben standen. Ich habe angenommen, meiner wäre der einzige, bei dem der Name fehlte.«

»Hast du das gehört, Dan? Zum allerersten Mal hat Gordon Franks etwas nicht gewusst, sondern nur angenommen. Und so musste Mr Biggend denken, dass der brillante, komplett richtig ausgefüllte Bogen ohne Namen deiner war. Du wirst dich in der Superhirn-Meisterschaft ganz grässlich blamieren!«

»Ich weiß.« Ich sah zum Himmel auf und wünschte mir, dass ein Blitz herabfuhr und mich augenblicklich erschlug. Ich hatte noch nie so tief in einem Schlamassel gesteckt.

»Spitze!«, meinte Freddo.

Ich fühlte mich nicht spitze. Mit Freddo im Hohlbirnen-Wettstreit zu liegen, war eine Sache. Aber vor aller Öffentlichkeit tatsächlich als Superloser dazustehen, war etwas ganz anderes.

»Du hast das Quiz nicht gewonnen«, sagte Gordon. »Sondern ich.«

Das stimmte, aber das Schlimme war, dass ich jetzt keinen Rückzieher machen konnte. Irgendwie ging es bei dieser Superhirn-Meisterschaft plötzlich darum, ob wir in die USA zogen oder nicht. Gordon durfte nicht dazwischenfunken, sonst hieß es: ab nach Albuquerque.

»Laut Mr Biggend bin ich der Gewinner«, sagte ich in der Hoffnung, dass ein Musterschüler wie Gordon akzeptieren würde, dass alles, was Mr Biggend sagte, die Wahrheit war, die volle Wahrheit und nichts als die Wahrheit, und mir die Meisterschaft überließ.

Gordons Schultern hoben und senkten sich und sein Blick wurde glasig. Gordon weint nicht, weil er es nicht mag, wenn Tränen auf seine Kleidung tropfen. Außerdem ist er gegen Rotze allergisch. Er schniefte laut und zog seine Augäpfel wieder in seinen Schädel zurück.

»Du hast recht.« Er stieß einen lang gezogenen Seufzer aus und sah wieder auf den Bildschirm seines Laptops. »Der Schulleiter hat dich vor dem gesamten sechsten Jahrgang zum Sieger erklärt. Ich muss seine Entscheidung hinnehmen.«

Das wirklich Gute an Gordon ist sein Perfektionismus. Seine Gene lassen es nicht zu, dass er einem Lehrer widerspricht.

»Danke, Gordon. Mum und Dad denken, dass ich gewinnen werde, weil ich es ihnen versprochen habe. Und Jessie will, dass ich gewinne, damit wir nicht nach Albuquerque ziehen müssen.«

»Was ist dieses Alber-dingsda?«, fragte Freddo und starrte stirnrunzelnd in die Tüte, die er in der Hand hielt. »Mund auf!« Er warf mir im hohen Bogen einen Chip zu. Ich ruckte nach vorn und fing ihn mit meinem Mund auf.

Knirsch!

»Albuquerque«, sagte ich kauend. »In den USA. Dad hat dort einen Job angeboten bekommen. Vielleicht ziehen wir hin. Werdet ihr mich besuchen kommen?«

»Nein. Ich nicht«, sagte Gordon. »Dort gibt es an den Flughäfen überall Überwachungskameras. Neuesten Forschungen zufolge schädigen sie das Gehirn. Ich gehe Überwachungskameras prinzipiell aus dem Weg. Also halte ich mich auch nicht an Flughäfen auf.«

»Was für ein grenzenloser Schwachsinn!«, sagte Freddo. »Wenn Kameras Gehirne aussaugen würden, wären wir längst alle Zombie-Dösköppe.«

Das kommt auch auf die Hohlbirnen-Liste.

»Stimmt.« Gordon starrte Freddo ein paar Sekunden lang vielsagend an. »Außerdem wird man vom Fliegen hundertprozentig krank. Zu viele Keime. Fenster, die man nicht öffnen kann. UND obendrein wird man bei der Einreise in die USA einer Leibesvisitation unterzogen und bekommt mit schwarzer Tinte Fingerabdrücke genommen.«

Gordon erschauerte.

»Möchtest du denn nach Amerika, Dan?« Freddo knautschte die Chipstüte zusammen und steckte sie in seine rechte Potasche.

»Im Urlaub gerne«, sagte ich. »Aber ich möchte dort nicht leben.«

»Ein Emigrant zu werden, ist eine schwerwiegende Entscheidung«, sagte Gordon.

»Ich dachte, ein Emigrant ist jemand, der in die Wildnis zieht, wo er nie wieder eine Menschenseele sieht«, sagte ich.

»Das ist ein Eremit. Ein Emigrant ist jemand, der in ein anderes Land zieht, um dort zu leben«, sagte Gordon. »Für immer.«

Für IMMER war verdammt lang.

Ich würde mir vielleicht einen amerikanischen Akzent zulegen und statt Postbote Briefträger sagen und lauter so Zeug. Und ich müsste womöglich einer Basketballmannschaft beitreten, weil ich so groß bin. Aber ich kann nicht Basketball spielen, also wäre ich unbrauchbar, und alle würden mich auslachen.

Ich hätte in Amerika keine Freunde. Für immer.

»Ich möchte kein Emigrant sein«, sagte ich mit zittriger Stimme.

»Ich würde dich besuchen kommen«, versprach Freddo und hielt die Hand zum Abklatschen hoch. »Die Überwachungskameras können meinem Gehirn nicht schaden. Es taugt sowieso nicht viel.«

»Es tut mir leid, dass wir keine Freunde mehr sein können, wenn du emigrierst«, sagte Gordon.

»Ihr könnt über Facebook in Kontakt bleiben«, schlug Freddo vor.

»Wir dürfen erst mit dreizehn eine Facebookseite haben«, sagte Gordon.

»Dann tu doch einfach so, als wärst du dreizehn«, sagte Freddo. »Facebook ist nur ein Computerprogramm und kann das nicht überprüfen.«

Gordons Augenbrauen verschwanden unter seinem Pony. Vor Entsetzen, vermute ich. Er würde niemals ein falsches Alter angeben, also hätte ich auf jeden Fall einen Freund weniger, falls wir nach Albuquerque zogen. Und mein allerbester Freund wäre so weit weg, dass ich nicht mal mehr seinen Mundgeruch nach Käse und Zwiebeln riechen könnte. Ich wäre ganz allein.

»Ich will nicht weg«, sagte ich. »Und Jessie will das

auch nicht. Sie denkt, Dad könnte vielleicht seine Meinung ändern, wenn ich die Meisterschaft gewinne.«

»Tja, das wird nie passieren«, meinte Freddo.

»Vielleicht doch«, sagte ich in der Hoffnung, meine beiden besten Freunde wieder auf meine Seite zu ziehen. »Wenn ihr mir helft.«

# 10. WIE MAN EIN SUPERHIRN WIRD

Freddo und Gordon hielten es wohl für nicht besonders wahrscheinlich, dass ich jemals Superhirn-Champion werden würde.

»Rein statistisch gesehen kannst du unmöglich gewinnen«, sagte Gordon. »Du kennst nicht mal den Wert der Zahl π.«

»Du könntest es mir beibringen«, sagte ich. »Ich muss einfach gewinnen.« Jessies Zufallsgenerator war gerade dabei, auf ZIEL ERFASSEN UND ZERSTÖREN hochzuschalten – und das Ziel war ich.

»Aber *ich* möchte bei der Meisterschaft mitmachen, weil ich meinen Namen auf dem Pokal haben will«, sagte Gordon. Dann fing er wieder das Schniegel-Ritual an. Gordon hat viele seltsame Angewohnheiten. Diese könnte darauf hindeuten, dass er gestresst war.

»Kein Problem«, sagte ich. »Ich werde einfach sagen, dass auf dem Pokal anstelle von meinem Namen der meines Trainers Gordon Franks eingraviert werden soll, weil ich es ohne dich nicht geschafft hätte.«

»Dazu musst du erst mal gewinnen«, bemerkte Freddo.

Ich ignorierte ihn.

»Okay«, sagte Gordon, öffnete seine Aktentasche und holte schwarze Lederhandschuhe raus. Er zog sie an, bevor er die Hand ausstreckte, um meine zu schütteln.

»Hör mal, Kumpel, ich will wirklich nicht unhöflich sein, aber ...« Freddo zog mich neben Gordon. »Dein Kopf hat nicht wirklich Streberformat.«

»Es kommt nicht auf die Größe an«, sagte ich. »Jedenfalls behauptet das mein Dad. Und er ist Gehirnexperte.«

»Wirklich?« Freddo verschränkte die Arme und sah mich zweifelnd an. »Du hältst es also für Zufall, dass Gordon von uns dreien den größten Schädel hat und zugleich der Klügste von uns ist?«

Gordon legte die Handschuhe weg und holte aus seiner Tasche ein Maßband. Er legte es um seinen Kopf.

»61,24 Zentimeter«, sagte er und tippte dabei ein paar Zahlen in seinen Laptop.

Freddo linste ihm über die Schulter. »Führst du Aufzeichnungen darüber, wie groß dein Kopf ist?«

»Ja«, sagte Gordon. »Schau. Seit letztem Jahr habe ich auf Nahrung umgestellt, die gut für das Gehirn ist, und wie du siehst, hat mein Kopfumfang seitdem um 5 Prozent zugenommen. Außerdem habe ich in Mr Biggends Superhirntest die volle Punktzahl erreicht. Letztes Jahr hatte ich nur 96 Prozent richtig.«

»Letztes Jahr haben wir den Test doch gar nicht gemacht«, sagte Freddo.

»Ich schon. Mr Pitdown ließ mich teilnehmen, obwohl ich erst in der 5. Klasse war.« Gordon blinzelte einmal.

»Und du hast nicht gewonnen?«

»Nein. Ich hatte eine Frage falsch, aber seitdem esse ich regelmäßig intelligenzsteigernde Spirulina-Algen«, sagte Gordon. »Sie sind hellgrün.«

»Radioaktive Algen!«, rief ich. »Igitt!«

»Sie werden biologisch angebaut und sollten ein wesentlicher Bestandteil deines Ernährungsplans sein, wenn du wirklich vorhast, deine Gehirnkapazität in nur zwei Wochen zu steigern.«

»Was noch?«, fragte ich, obwohl mir jetzt schon schlecht war.

»Ich habe ein ausgeklügeltes Ernährungs- und Lernprogramm erstellt.« Gordon reichte Freddo das Maßband. »Wir können Dans Gehirngröße aufzeichnen, um die Fortschritte zu überprüfen.«

Freddo maß meinen Kopfumfang. 56,1 Zentimeter.

»8,39 Prozent weniger als meiner«, stellte Gordon fest.

Ich würde eine Menge Algen in mich hineinstopfen müssen.

# 11. HIRNNAHRUNG

Nie und nimmer würde ich die Dinge von Gordons Liste essen können.

Selbst die Snacks sahen entsetzlich gesund aus!

Ich beschloss, die neue Ernährung um ein paar Tage zu verschieben. Ich knüllte die Liste zusammen und zielte auf den Papierkorb. Volltreffer. Seit Freddo und ich mit Chips trainierten, wurde meine Auge-Arm-Koordination immer besser, und ich machte sogar Fortschritte im Basketball. Vielleicht würde es doch nicht so schlimm werden, wenn ich nach unserem Umzug nach Albuquerque in ein Team gewählt wurde.

»Gordon hat mir deinen Ernährungsplan gemailt«, sagte Mum, als ich heimkam.

»Ich lasse die Hirnnahrung weg«, antwortete ich.

»Das geht nicht. Ich war schon im Reformhaus und habe ein Vermögen ausgegeben. Da gibt es Unmengen Sachen, von denen ich noch nie gehört habe. Schau dir das hier an.«

»Kaninchenköttel?«, riet ich.

»Chinesische Wolfsbeeren. Mund auf.« Sie warf mir

eine Beere zu, wie Freddo mir sonst Chips zuwarf, und ich war so blöd, sie mit dem Mund zu fangen. Ich bemerkte meinen Fehler erst, als sich meine Zähne in die getrocknete Frucht bohrten. Anstelle eines leichten, knusprigen Kartoffelsnacks schmeckte ich ... Kaninchenköttel.

Ich wusste, was ich zu tun hatte. Ich hatte ja Freddo und Rooner gestern dabei zugesehen.

»Wirf die Kaninchenkacke das nächste Mal direkt in den Mülleimer«, sagte ich. »Ohne den Umweg über mich.«

»So schlecht wird es nicht sein.« Mum schob sich eine Beere in den Mund. »Vielleicht muss man sie kochen, damit sie etwas weicher werden«, überlegte sie, in der Backe eine Beule von der Größe einer Beere.

Gekochte Kaninchenköttel? Also Kaninchendurchfall.

Das würde ich nicht essen.

Die Fenster klirrten in den Rahmen, als die Haustür zugeschlagen würde. Jessie kam nach Hause.

»Was gibt's zu essen?«, wollte sie wissen.

»Hähnchenpastete mit Kartoffelpüree«, sagte Mum.

»Klingt gut.« Sie verschwand im Wohnzimmer.

Dort steht unser Computer. Nie habe ich nach der Schule eine Chance, an den Rechner zu kommen. Ich brauche nicht nur mehr Taschengeld, ich brauche auch einen Laptop. Mum und Dad denken offensichtlich, ich sei zu doof, um einen Computer zu benutzen. Aber wenn sie mir einen kaufen würden, könnte ich ihnen das Gegenteil beweisen.

»Abendbrot«, rief Mum etwas später durchs Haus. »Deckt den Tisch!«

Ich helfe gern beim Tischdecken, wenn es Hähnchenpastete gibt. Dann bekomme ich als Dankeschön eine größere Portion. Aber heute lief es anders.

»Es gefällt mir, dass du dieses Hirntraining so ernst nimmst«, sagte Dad, als er sich an den Tisch setzte. »Ölsardinen sind sehr gut für dich.«

Ich stach mit dem Messer in den Bauch des seltsamen Klumpens auf meinem Teller und klappte ihn auf.

»Argh!« Ich sprang vom Stuhl und ging dahinter in Deckung. »Ein versteinerter Bandwurm!«

Dad warf einen Blick auf das Innere der Sardine.

»Das sind die Gräten. Vermisch sie mit dem Fisch. Sie sind reich an Kalzium.«

»Mmh, das ist köstlich, Mum.« Jessie hob ihre Gabel, auf die sie knusprige, in Bratensauce getunkte Hähnchenpastete geladen hatte, und wedelte mir damit vor der Nase herum.

Mir lief das Wasser im Mund zusammen.

»Kann ich lieber Hähnchenpastete haben?«, fragte ich.

»Tut mir leid. Davon ist nichts mehr übrig.«

Alle zogen ihre Teller näher zu sich her. Selbst Timmy schaufelte sich den Mund mit Essen voll. Aber einiges davon verteilte er auch in seinem Gesicht. Ich war so hungrig, dass ich beinahe über den Tisch sprang, um es abzulecken.

»Sollen wir nebenher ein paar Fakten lernen?«, schlug Dad vor. »Multisensorisches Lernen ist sehr wichtig. Wenn du bestimmte Fakten mit bestimmten Geschmäckern assoziierst, kannst du dich später leichter an sie erinnern. Was ist zwölf im Quadrat?«

Ich hatte keine Ahnung, was »im Quadrat« bedeutete.

»Mmrunschiachmrumfcht«, sagte Jessie, den Mund voll mit meinem Lieblingsessen.

»Sprich nicht mit vollem Mund«, schimpfte Mum.

»Mach schon, Dan. Die Frage ist einfach«, sagte Dad.

Um eine Antwort kam ich nur herum, indem ich mich mit Hirnnahrung vollstopfte. Ich stach mit der Gabel in das grüne, mit Katzenkotze umhüllte Ding neben der Sardine und schob es mir in den Mund.

»Zwölf im Quadrat bedeutet zwölf mal zwölf, und die Antwort lautet 144«, sagte Dad.

Ich schloss die Augen und kaute auf dem widerlichen Zeug herum. Was kümmerte es mich, dass zwölf im Quadrat 144 war. Ich wollte Hähnchenpastete.

Mum hatte Gordons E-Mail mit meinem Ernährungsplan an den Kühlschrank gehängt. Ich würde mit Gordon ein ernstes Wörtchen über diesen Plan reden müssen. Wenn es so weiterging, würde ich lange vor der Superhirn-Meisterschaft verhungert sein.

# 12. PLATZ DA FÜRS GEHIRN!

Die Hirnnahrung stellte seltsame Dinge mit meinen Innereien an. Wenn Freddo mich zu einem Wettfurzen eingeladen hätte, wäre ich ihm zum ersten Mal haushoch überlegen gewesen. Und ich befürchtete, dass bei mir mehr als nur Gase rausgekommen wären.

»Ich breche die Diät ab«, sagte ich in der Pause zu Freddo und Gordon.

»Möchtest du Englands Superhirn-Champion werden?«, fragte Gordon.

»Ja«, sagte ich, »aber das Gas muss irgendwie raus. Entweder furze ich für England oder mir fliegt die Schädeldecke weg.«

»Sag Bescheid, wenn der große Knall kommt«, sagte Freddo. »Ich will keine Hirnmasse auf meine neue Sporthose bekommen.«

»Mir platzt fast der Schädel und du denkst nur an deine Klamotten?«

Manchmal ist Freddo der egoistischste Freund, den eine Hohlbirne haben kann.

»Du hast Kopfweh. Gut.« Gordon schaute kurz auf, glättete sich die Augenbrauen, blinzelte ein paarmal und sah dann wieder auf den Laptop. »Dein Gehirn wächst und nun wird es in deinem Schädel zu eng für die zusätzlichen Hirnzellen.«

»Mein Gehirn wächst also und bringt meinen Schädel zum Bersten?« Das wurde allmählich gefährlich. Ich war zu jung zum Sterben.

»Ich schlage vor, dass wir vorsichtshalber schnellstmöglich deinen Schädel vergrößern«, sagte Gordon gelangweilt.

»Wie?«

»Wollen wir uns um sechzehn Uhr dreißig bei dir treffen?«, fragte Gordon.

»Sechzehn Uhr – ist das sechs oder acht Uhr?«, wollte Freddo wissen.

»Es ist halb fünf Uhr nachmittags, Mr O'Connor. Wir werden einen Fahrradhelm brauchen.«

»Ich habe einen«, sagte ich.

»Und diese Dinge.« Gordon reichte Freddo ein vollgekritzeltes Blatt Papier.

»Kein Problem«, sagte Freddo.

»Was steht da drauf?«, fragte ich, aber Freddo war schon gegangen.

Egal, was Gordon mit mir anstellen wollte, Hauptsache, mein Kopfweh verschwand und ich machte mir nicht in die Hose. 16:30 Uhr, du kannst kommen!

Am Nachmittag breitete Gordon das Zubehör in meinem Zimmer auf dem Boden aus:

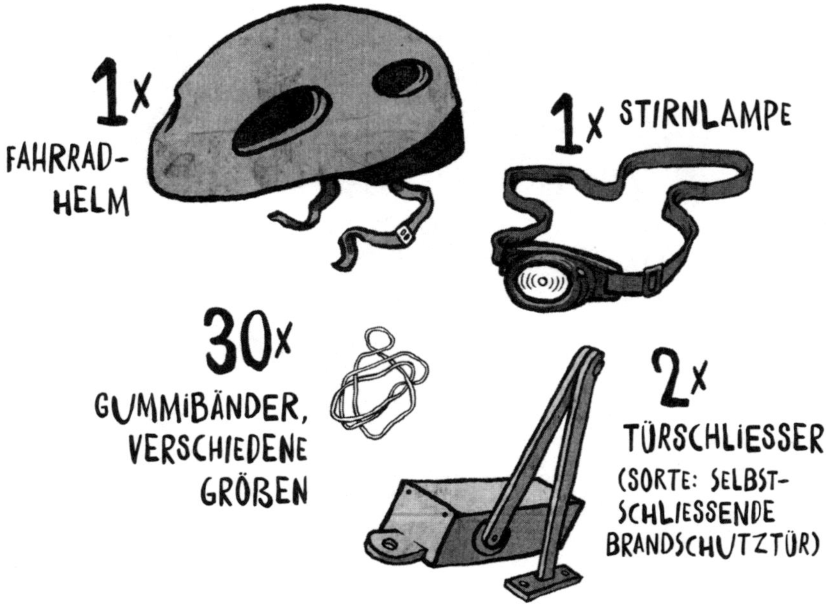


Ich nehme zurück, dass Freddo egoistisch ist. Sein Dad hat eine Zillion Lagerräume voll mit allem, was er in seinem Laden verkaufen könnte. Freddo darf sich dort nehmen, was er will, und er teilt die Sachen großzügig mit mir und Gordon, ohne Fragen zu stellen.

Freddos Dad hatte allerdings keine Schutzkleidung vorrätig, die Gordon ebenfalls auf die Liste geschrieben hatte, und der bestellte Sicherheitsanzug musste auf dem Postweg verloren gegangen sein. Aber Gordon schien beschlossen zu haben, dass er etwas Schützendes brauchte, falls er mich versehentlich berührte, während er den Schädelvergrößerungsapparat installierte.

Gordon ist zwar mein zweitbester Freund, aber er glaubt trotzdem, dass ich ihn kontaminieren könnte.

»Hast du noch das falsche Gebiss von Halloween?«, fragte Gordon. Seine Stimme kam gedämpft durch die grüne Maske, die er trug.

Als ich es ihm zeigte, betrachtete Gordon es zweifelnd.

»Das muss desinfiziert werden«, sagte er und trat einen Schritt zurück.

»Du hast zwei Paar Handschuhe übereinander an«, sagte ich.

»Diese Handschuhe schützen vor E.-coli-Bakterien und Salmonellen, nicht vor der Art Wildwuchs, der in den vergessenen Winkeln deines Schlafzimmers gedeiht.«

»Pst! Mum könnte dich hören und besteht womöglich darauf, dass ich aufräume, und dann können wir nicht weitermachen. Ich kann dir sagen, mein Kopf ist kurz davor zu explodieren.«

»Putz diese Zähne.« Gordon öffnete meine Zimmertür und deutete zum Bad hinüber.

Ich hasse es, wenn Gordon mich wegen seines Sauberkeitsfimmels herumscheucht, aber ich hatte selbst auch keine Lust, die an dem Gebiss klebenden Spinnenfäden als Zahnseide zu benutzen. Also spülte ich es ab, bevor ich es mir in den Mund schob.

Gordon setzte mir den Fahrradhelm auf den Kopf und benutzte das Gummiband der Stirnlampe, um ihn zu fixieren.

»WWWWWWWWWWWWW«, sagte ich. Das heißt, ich versuchte, es zu sagen, aber das Gummi saß so fest, dass ich den Mund überhaupt nicht öffnen konnte.

Gordon achtete nicht auf mich. Er nahm die Türschließer und hakte sie in die Luftlöcher des Helms.

»Steht dir, Dan«, schnaubte Freddo.

Gordon befestigte Gummibänder an den anderen Enden der Türschließer und zog sie vor mein Gesicht.

»Weit aufmachen«, sagte er.

»WWWWWWWWWW«, sagte ich.

Er zog meine Lippen mit einem Bleistift auseinander und hakte die Gummis zwischen meine Vampirzähne.

Es fühlte sich an, als würde mein Kiefer mit einem Wagenheber aufgestemmt.

»Diese Vorrichtung musst du zwei Wochen lang ununterbrochen tragen, damit dein Schädel sich ausdehnen kann«, sagte Gordon, während er seine behandschuhten Finger mit Desinfektionsmittel besprühte.

»WWWWWWWWWWWWWW«, sagte ich.

»Was passiert, wenn ich das hier mache?«, fragte Freddo und zupfte an dem Gummi.

»WWWWWWWWWWWWWWWWWWWWWW!«, sagte ich.

»Irre!« Freddo lachte. »Das gibt aber ein Hallo in der Schule.«

»Damit es wirklich funktioniert, solltest du es so lange wie möglich tragen. Zwölf Stunden am Tag sollten reichen«, sagte Gordon. »Kannst du laufen?«

Habt ihr schon mal zu gehen versucht, während zwei gespannte Federn, an denen man einen Elefanten aufhängen könnte, an eurem Kopf festgezurrt sind? Es fühlte sich an, als hätte ich einen schlafenden, aber tödlichen Kraken als Hut auf. Ich musste mich gleichmäßig bewegen, sonst würde Gordons Konstruktion zum Leben erwachen und mir den Kopf abreißen. Ich machte winzige Schritte und hielt den Blick stur geradeaus, was echt schwierig war, weil ich hören konnte, wie Freddo sich auf dem Boden wälzte und dabei jaulte wie ein ausgeflippter Schäferhund.

Ich stand am oberen Treppenabsatz und fragte mich, wie ich jemals lebend nach unten gelangen sollte.

»Wenn du deinen Schädel gefahrlos dehnen willst, musst du aufrecht bleiben«, sagte Gordon, der Tyrann.

Danke, Kumpel, dachte ich. Aber ich wagte nicht, den Mund zu öffnen, für den Fall, dass er die Vorrichtung so eingestellt hatte, dass sie außer Rand und Band geriet, wenn ich mich über sie beschwerte.

Ich war immer noch dabei, mit der ersten Treppenstufe zu hadern, als Jessie die Treppe hochkam. Sie hatte einen Jungen dabei, den ich nie zuvor gesehen hatte.

»Aaaargh!«, kreischte Jessie.

Ich konnte nicht antworten.

»Was für ein Hirni!«, sagte sie zu ihrem Freund. »LOL!«

Die beiden lachten sich schlapp. Der Junge klang wie ein Esel. Jessie klang mehr wie ein Schweinchen. Ein ganzer Bauernhof lachte mich aus.

Jessie nahm den Jungen an der Hand und zog ihn in ihr Zimmer. »Nicht stören, Armleuchter, okay?« Sie knallte die Tür zu.

(Hirni. Armleuchter. Wieder zwei Wörter für die Liste.)

Ich versuchte, einen Schritt die Treppe runter zu machen, aber die Bewegung reichte, um die gespannten Türschließer ausflippen zu lassen. Sie schwangen in entgegengesetzte Richtungen und versuchten, meinen Kopf an den Zähnen umzustülpen.

»WAWAWAWAAA!« Vom Schreien tat es noch mehr weh.

Ich war nicht so doof, dass ich es je wagen würde, Jessie in ihrem Zimmer zu stören, aber ich war wirklich ein hirnloser Armleuchter, wenn ich mir von Gordon den Kopf auseinanderziehen ließ.

Ich riss die Gummibänder ab und spuckte das Gebiss auf den Teppich.

# 13. HALLO, AMERIKA!

Gordon regte sich ziemlich auf, als ich mich weigerte, weder seine Diät weiter einzuhalten, noch seinen Schädelvergrößerungsapparat zu tragen. Darum ignorierte er mich in den nächsten Tagen in der Schule. War mir egal. Ich brauchte eine Pause von allem, was mit Gehirn zu tun hatte. Mum hatte mir zum Abendbrot Burger und Pommes frites versprochen und dass ich den ganzen Abend fernsehen durfte.

Aber als ich heimkam, stand Jessie im Flur, und man kann ohne Weiteres behaupten, dass ihr Zufallsgenerator auf TOBSÜCHTIG stand. Ihr Gesicht war knallrot, ihre Augen blitzten neonblau und ihre knirschenden Zähne sahen eine Zillion mal furchterregender aus als mein Vampirgebiss.

»Unternimm etwas!«, schrie sie. »Sofort!«

Jessie tickte so oft aus, dass man unmöglich wissen konnte, ob es eine echte Krise gab oder ob ihr nur ein Fingernagel abgebrochen war.

»Da!« Jessie deutete auf die Tür zum Wohnzimmer, an der ein »Bitte nicht stören!«-Schild hing. »Dad skypt mit einem Amerikaner. Sie lachen und machen Witze. Die Unterhaltung läuft VIEL zu gut. Du musst reingehen und ihn aufhalten, sonst sagt Dad gleich zu.«

»Aber …« Was sollte ich machen?

Jessie riss die Tür auf und schubste mich ins Wohnzimmer.

Dad saß vor dem Computer. Auf dem Bildschirm war ein rotgesichtiger Mann mit Baseballkappe zu sehen. Sein schwabbeliger Hals quoll über den Hemdkragen.

»Ah, Rob, wie ich sehe, hast du Gesellschaft bekommen. Willst du uns nicht vorstellen?«

»Das ist mein Sohn Daniel«, sagte Dad mit kläglich nachgemachtem amerikanischem Akzent. Er zog mich zu sich runter, damit ich in der Webcam zu sehen war, und legte einen Arm um meine Schultern. »Sag Hallo zu Mr Sack.«

»Howdy, Dannyboy.« Mr Sack streckte die Hand aus, als wollte er meine schütteln, aber es waren zwei Computerbildschirme, der gesamte Atlantik und ziemlich viel Landmasse im Weg, darum konnte ich ihm nicht wirklich die Hand geben. »Nett, dich kennenzulernen. Freust du dich schon darauf, ins Land der unbegrenzten Möglichkeiten zu ziehen?«

»Yeah«, murmelte ich. Ich wusste nicht, was ich sonst zu Dads Bewerbungsgespräch beitragen sollte.

»Was ist dein Lieblingsfach?«

»Die Pause«, sagte ich.

»Die Pause?«, fragte er. »Das ist köstlich.« Beim Lachen flogen ihm fast die Knöpfe vom Hemd. »Keine Sorge, wir haben hier lange Mittagspausen. Und so tolle Fächer wie

Sozialkunde, Geschichte und Mathematik. Die Kinder unserer Universitätsmitarbeiter gehen alle auf die Albuquerque Highschool. Und alle sind solche Schlauberger wie du und dein Dad.«

Oh nein! Selbst Dads neuer Boss hielt mich jetzt für ein Superhirn. Ich hoffte nur, dass Dad ihm nichts von der Meisterschaft erzählt hatte.

»Dan freut sich schon sehr darauf, nicht wahr, Dan?« Dad klopfte mir auf den Rücken.

»Klar doch«, sagte ich und versuchte, enthusiastisch zu klingen.

»Ich und dein Dad haben noch ein paar Sachen zu besprechen. War nett, dich kennenzulernen, Dannyboy. Ich kann es kaum erwarten, dich an der Universität von Albuquerque willkommen zu heißen. Wir sind hier alle eine große Familie.«

»Tschüs, Mr Sack.«

Ich ging rückwärts aus dem Kamerawinkel. Dad streckte den Daumen nach oben und setzte sich wieder, um sein Gespräch fortzusetzen.

Falls Dad den Job bekam, würde ich Freddo und Gordon den peinlichen Namen seines neuen Chefs verheimlichen müssen.

In der Küche futterten Mum und Jessie aus einer riesigen Schachtel Pralinen.

»Ich bin froh, dass du aufhörst mit der Superhirndiät«, sagte Mum. »Es ist so umständlich, etwas anderes für dich zu kochen als für den Rest der Familie. Damit du genug Omega-3-Fettsäuren bekommst, kann ich auf deine Burger ja ein paar Leinsamen streuen.«

»Spar dir die Mühe«, sagte ich. »Ich fürchte, dafür ist es zu spät.«

»Magst du eine Praline? Ich habe sie gekauft, um mir selbst eine Freude zu bereiten.«

Es waren nur noch zwei übrig. Mum hielt ihre Schokoladensucht für gewöhnlich geheim. Wenn sie so unverhohlen Pralinen aß, dann musste etwas wirklich Ernstes passiert sein – ein Streit mit Dad oder so. Aber ich hatte die beiden seit Jahren nicht streiten gehört.

Sie wickelte eine Praline aus und warf sie mir genau so zu, wie Freddo es gemacht hätte. Meine Zähne bissen in die Schokoladenhülle und die weiche Füllung ergoss sich über meine Geschmacksrezeptoren. Es war das Köstlichste, was ich je gegessen hatte. Ich kann nicht verstehen, wie jemand lieber Wolfsbeeren essen möchte.

Dad stürmte mit einem breiten Grinsen in die Küche.

»Wenn ich den Job will, gehört er mir.« Er hieb mit der Faust in die Luft.

»Glückwunsch, Rob!«, krächzte Mum, als wäre ihr eine Praline im Hals stecken geblieben.

»Ich dachte, du würdest dafür sorgen, dass Dad den Job nicht bekommt«, zischte mir Jessie ins Ohr. Sie packte mich am Handgelenk und drehte mir den Arm nach hinten.

»Jessie, du hättest reinkommen und mit Mr Sack reden sollen«, sagte Dad.

»Mr Sack?«, prustete Jessie.

»Er ist riesig«, murmelte ich.

»Ja, er ist toll, nicht wahr, Dan? Ich schätze, dein Witz über die Pause war entscheidend.«

»Du machst Witze mit dem Feind?« Jessie zog fester an meinem Arm. Ich quiekte.

»Ich glaube, Mr Sack war echt von dir beeindruckt, Dan«, sagte Dad.

Jessie trat mir gegen das Schienbein.

Mum musste gemerkt haben, was Jessie mir antat, denn ihr linker Augenwinkel zuckte unentwegt. Aber aus irgendeinem Grund sagte sie nichts.

Dad quasselte weiter über das ganze Amerika-Zeug. Highschool, Hinterhöfe, Baseball, Zehncentstücke, Vierteldollarstücke. »Es ist mein Traumjob!« Er schnappte sich die Pfeffermühle vom Tisch, sprang auf einen Stuhl und begann zu singen:

*Is this the real life?*

*Is this just fantasy?*

Mir erschien es nur allzu wirklich.

»Komm da runter, Rob«, sagte Mum, während sie versuchte, Timmy daran zu hindern, aus seinem Hochstuhl zu klettern.

»Bitte nicht!« Jessie hielt sich die Hände vors Gesicht.

»Wenn ich die *Bohemian Rhapsody* nicht an dem Tag singen darf, an dem ich den tollsten Job meines Lebens angeboten bekomme, wann dann?«

»Nie«, sagte Jessie.

»Hey, Dan, sing du wenigstens mit.« Dad stellte einen Fuß auf den Tisch und zeigte mit dem Finger auf mich. »Du musst so etwas wissen«, sagte er. »Die ersten Zeilen der *Bohemian Rhapsody* könnten in dem Quiz drankommen. Es könnte entscheiden, ob du die Superhirn-Meisterschaft gewinnst oder verlierst.«

»Sie fragen bestimmt eher nach Sachen, die aktueller sind«, sagte ich. »Du weißt schon – von HEUTE.«

»Ja, wie die Namen der Mitglieder von *One Direction*«, sagte Jessie. »Die sind total aktuell.«

Ich stöhnte. Jeder im Haus kannte die Namen der Mitglieder von *One Direction*. Sogar Timmy.

»Die *Bohemian Rhapsody* ist ein Klassiker«, beharrte Dad.

»Klassisch bedeutet alt«, sagte ich. »Ein alter Song für alte Leute.«

»Für tote Leute«, meinte Jessie.

»Ich bin nicht tot«, sagte Dad.

»Aber Freddie Mercury«, sagte Mum.

Mir schwirrte der Kopf. Wer war Freddie Mercury? Das hatte mir noch gefehlt, dass Mum und Dad mir das Gehirn mit Fakten über uralte Musik und tote Leute verstopften.

»Ich freue mich so darauf, dich bei der Meisterschaft zu sehen.« Dad stieg vom Tisch.

»Eltern dürfen nicht mitkommen«, sagte ich.

»Oh doch.« Mum beugte sich vor und nahm einen Zettel. »Mr Biggend hat uns geschrieben und gefragt, wie viele Eintrittskarten wir möchten. Magst du auch mitkommen, Jessie?«

»Nein!«, rief ich.

Mum beachtete mich nicht.

»Bekomme ich an dem Tag schulfrei?«, wollte Jessie wissen.

»Ich denke schon«, sagte Mum. »Es ist mitten in der Woche.«

»Dann bin ich dabei«, beschloss Jessie.

»Wir werden alle mitkommen und dich unterstützen, Dan.« Dad klopfte mir auf den Rücken.

»Ich will aber nicht …«, stammelte ich.

»Was kriegt Dan, falls er gewinnt?«, erkundigte sich Jessie.

»Alles, was er will«, sagte Dad.

Jessies Zufallsgenerator schaltete um auf GEISTESBLITZ.

»Hast du das gehört, Dan?« Sie stupste mich heftig an. »ALLES, was du willst. Du kannst Dad um absolut ALLES bitten.«

Ich wusste, worauf sie hinaus wollte. Jessie wollte, dass ich meinen Wunsch darauf verwendete, Dad zu bitten, nicht mit uns in die USA zu ziehen. Aber was wollte ICH? Was brachte mir diese ganze blöde Superhirn-Sache? Ich wollte einen Laptop.

Meint ihr, falls ich wie durch ein Wunder tatsächlich gewinne, dass wir hier bleiben können UND Dad mir einen Laptop kauft?

# 14. GIB NIEMALS AUF!

Gordon ärgerte sich am meisten darüber, dass ich nicht mal die Spirulina-Algen probiert hatte.

»Tut mir leid, Gordon«, sagte ich. »Ich möchte die Superhirn- Meisterschaft gewinnen, damit ich nicht wie ein kompletter Idiot dastehe. Aber ich möchte nicht schon bei der Vorbereitung auf die Meisterschaft wie ein kompletter Idiot dastehen. Und ich kann keine Algen fressen, schließlich bin ich kein Frosch.«

»Frösche essen keine Algen. Sie sind Fleischfresser und ernähren sich überwiegend von Fliegen und Käfern. Lass mich mal überprüfen, ob sich dein Kopfumfang verändert hat.« Gordon nahm das Maßband aus seiner Aktentasche und reichte es Freddo, der es um meinen Kopf legte.

»55,7 Zentimeter«, las Freddo ab.

»Bist du sicher?« Verwirrt schaute Gordon auf seiner Tabelle nach.

Freddo maß meinen Kopf ein zweites Mal.

»Ja«, sagte er.

»Dein Kopf ist geschrumpft.« Gordon klappte seinen Laptop zu.

»Ich werde niemals gewinnen. Jessie hat recht. Ich bin ein Hirni.«

»Ich weiß nicht, weshalb du dir Sorgen machst«, sagte Freddo. »Du wirst berühmt werden, weil du die niedrigste Punktzahl aller Zeiten einfahren wirst. Fantastisch!«

»Kapierst du es nicht, Freddo? Ich will ja nicht unbedingt ein Superhirn werden, aber ich hab es satt, dass man mich für blöd hält. Denn das bin ich nicht.«

»Bist du dir da ganz sicher?«, fragte Freddo.

»Ja! Ich habe ein Gehirn!« Am liebsten hätte ich ihm eine geknallt. Merkte Freddo nicht, wie out es war, eine Hohlbirne zu sein? »Und ich muss dieses Gehirn mit Fakten füttern.«

»Ich bin deiner Meinung«, stimmte Gordon mir zu. »Darum habe ich das hier für dich vorbereitet.« Gordon reichte mir ein flaches Lederetui. »Hör dir das beim Einschlafen an und lass es die ganze Nacht laufen. Wenn du aufwachst, wirst du dich an alles erinnern.«

Es war ein iPod. Das neueste Modell. Makellos. Und Gordon bat mich nicht einmal, mir die Hände zu waschen, bevor ich den iPod anfassen durfte!

»Gib mal her.« Freddo versuchte, ihn mir aus der Hand zu grapschen. »Sind irgendwelche guten Apps drauf?«

»Ich probier es mal.« Ich hielt ihn außer Reichweite von Freddos fettigen Fingern. »Danke, Gordon.«

Gordon ist ein Streber, ein Sauberkeitsfanatiker und eine totale Intelligenzbestie. Aber er ist auch ein wirklich guter Freund. Vielleicht ist das der Unterschied zwischen einem Superhirn und dem Rest der Welt. Ein Superhirn gibt niemals auf.

Ich nahm den iPod für mein Hirntraining mit nach Hause. Mum war an diesem Abend beim Zumba. Sie hatte wie üblich belegte Brote fürs Abendessen vorbereitet, also schnappte ich mir einen Teller und schmuggelte ein paar davon auf mein Zimmer.

Es war meine letzte Chance, mein Gehirn mit Fakten vollzustopfen.

Ich habe das kleinste Zimmer im Haus, aber ich habe ein Hochbett, darum wirkt es größer. Ich liebe mein Hochbett. Wenn ich darin liege, komme ich mir vor wie in meiner eigenen kleinen Welt. Das Bett passt genau auf eine Seite des Zimmers und es ist nicht weit zur Decke, darum liegt man darin wie in einer Schachtel. Wenn ich mein Vampirkostüm von Halloween anziehe, komme ich mir vor wie in einem Sarg. Das ist klasse.

Falls wir nach Albuquerque zogen, würde ich einen echten Sarg brauchen. Jessie würde mir die Schuld in die Schuhe schieben und mir womöglich einen Pfahl durchs Herz bohren, obwohl ich mich erst einmal als Dracula verkleidet hatte. Wann würde Jessie es kapieren?

ES WAR NICHT MEINE SCHULD!

Ich stöpselte meine Kopfhörer in Gordons iPod und streckte mich in meinem Sargbett aus, um mir anzuhören, was er aufgenommen hatte.

*»Was ist das chemische Symbol für Kalium?«,* sagte Gordons Stimme in meinem Ohr.

»Keine Ahnung«, antwortete ich.

*»K«,* antwortete er.

»Was ist Kalium?«, fragte ich, aber Gordons Stimme hörte mir überhaupt nicht zu.

*»Was ist das chemische Symbol für Wasserstoff?«*

Nein, nein, nein! Schon wieder etwas, das ich noch nie gehört hatte.

»W?«, riet ich.

»*H*«, antwortete Gordon.

Wie sollte ich mir das merken?

*»Was ist das chemische Symbol für Zirkonium?«*

»Sei still!«, schrie ich und bearbeitete den Vorspulknopf, in der Hoffnung, bei einer besseren Frage zu landen.

*»Was ist die Ordnungszahl von Platin?«*

Ich spulte weiter vor. Das war hoffnungslos. Ich hatte noch nie von chemischen Symbolen und Ordnungszahlen gehört. Ich wusste rein gar nichts.

Gordons Stimme dröhnte mir weiter die Ohren voll. Die Fragen hörten sich für mich alle gleich an. Meine Augenlider wurden schwer.

*Was ist die Ordnungszahl von Kadmium?*

Keine Ahnung.

*Was ist das chemische Symbol für Zinn?*

Keine Ahnung.

*Was ist die Ordnungszahl von Jod?*

Keine Ahnung.

Ich wachte davon auf, dass mir jemand einen Hockeyschläger in die Rippen stieß. Jessie hielt das andere Ende des Schlägers, und die Art, wie sie den Mund bewegte, ließ darauf schließen, dass sie schrie. Aber alles, was ich hörte, war Gordons Stimme:

*»Was ist das chemische Symbol für Kalium?«*

»Ich habe immer noch keine Ahnung!«, rief ich.

Jessie stieß mir erneut mit dem Schläger in die Rippen, und Gordon sagte: *»K.«*

»Okay, es ist K! Das chemische Symbol für Kalium ist K. Und jetzt halt den Mund!« Ich zog die Kopfhörer aus den Ohren und setzte mich im Bett auf.

Das Dumme an einem Hochbett ist, dass man sich als großer Mensch nicht aufsetzen sollte, sonst stößt man sich den Kopf an der Decke an.

»Weißt du, wie spät es ist?«, schrie Jessie.

»Keine Ahnung«, sagte ich.

»Zeit, in die Schule zu gehen«, schrie sie und stürmte aus dem Zimmer.

Mein Kopf drehte sich ganz seltsam. Vielleicht kam es von dem Stoß. Oder aber ich war mit den Fakten überladen, die Gordon mir die ganze Nacht eingebläut hatte. Immerhin war ich schon angezogen.

»Alles in Ordnung, Dan?«, erkundigte sich Dad.

»Keine Ahnung«, sagte ich.

»Wieso trägst du noch das Hemd von gestern?«, fragte Mum.

»Keine Ahnung«, sagte ich.

Ich war sicher, dass die chemischen Fakten irgendwo in meinem Kopf herumschlitterten, aber ich konnte mich an nichts davon erinnern.

»Hast du letzte Nacht etwas gelernt?«, fragte Gordon, als ich in die Schule kam.

»Keine Ahnung«, sagte ich. Mein Schädel dröhnte wieder. Diesmal lag es jedoch nicht an den Blähungen von der Hirnnahrung. Ich war verzweifelt.

»Was ist das chemische Symbol für Kalium?«

»Das weiß er nicht«, meinte Freddo gähnend. »Ebenso wenig wie ich. Außerdem ist es mir egal. Können wir was anderes machen? Sonst gehe ich am Ende noch zu den anderen und spiele Fußball.«

»Dann geh doch!«, rief ich. Ein blubberndes Gefühl stieg in mir auf wie Sprudelblasen in einem Whirlpool. Das Wasser war so heiß, dass mein Gesicht rot anlief und ich sofort aus der Wanne springen wollte. Freddo hatte mir gerade noch gefehlt. Nur wegen unseres blöden Hohlbirnen-Wettbewerbs war ich überhaupt in diesen Schlamassel geraten.

Und der Wettbewerb war ganz klar auf seinem Mist gewachsen.

»Heute früh wusste ich das chemische Symbol für Kalium«, versicherte ich Gordon. »Jetzt erinnere ich mich nur noch daran, dass es nicht Pi ist.«

»Die Antwort ist K«, sagte Gordon.

Gordon hatte natürlich recht. Er hatte immer recht. Und ich hatte immer unrecht. Und so würde es immer sein. Jemand drehte den übersprudelnden Whirlpool in meinen Eingeweiden ab. Ich setzte mich auf eine Treppenstufe und bettete den Kopf in meine Hände.

»Ich gebe auf«, sagte ich. »Ich sage meine Teilnahme an der Superhirn-Meisterschaft ab. Du kannst an meiner Stelle hingehen, Gordon.«

»Nein, das kann ich nicht«, sagte Gordon.

»Natürlich kannst du.« Ich sah auf. »Du bist derjenige, der wirklich alle Antworten richtig angekreuzt hat. Daran gibt es überhaupt nichts zu deuteln. Dein Name wird auf dem Pokal stehen, denn du bist das wahre Superhirn.«

»Ich weiß sicher die Antworten auf alle Fragen, aber ich werde nicht zu dem Quiz gehen«, sagte Gordon.

»Wieso nicht?«, fragte Freddo.

Gordon deutete auf ein Plakat, das hinter uns an der Wand hing:

»Mir war nicht klar, dass das Quiz im Fernsehen übertragen werden würde«, sagte Gordon.

»Nie im Leben!«, rief ich.

»Klare Sache!« Freddo stieß die Faust in die Luft.

»Willst du mir wirklich sagen, dass die Superloser-Meisterschaft ins Fernsehen kommt?« Der Whirlpool begann wieder zu blubbern. Nur war er diesmal mit flüssiger Lava gefüllt. Ich wurde von innen heraus frittiert.

»Genau so steht es auf diesem Plakat«, sagte Gordon. »Und ich kann euch verraten, dass ich Fernsehkameras meide. Sie schaden dem Gehirn 6,48-mal mehr als Überwachungskameras. Es ist mir wichtiger, meine Hirnzellen zu schützen, als Englands Superhirn-Champion zu werden. Du wirst die Sache selbst durchziehen müssen.«

Es war das erste Mal seit einer Woche, dass Gordon nicht mehr aussah, als wäre er sauer auf mich. Die Sache mit den Fernsehkameras war für ihn der Schlussstrich. Superhirn-Gordon streckte den Daumen nach oben und ging.

»Gut gemacht, Dan.« Freddo klopfte mir auf den Rücken. »Du wirst die niedrigste Punktzahl in einer Quizsendung in der Geschichte des Fernsehens erreichen. Es wird ein Rekord!«

Alle, die ich kannte, würden die Sendung sehen. Sie würden ALLE mitbekommen, was für ein KOMPLETTER Idiot ich war. Ja, JEDER auf der GANZEN WELT würde es sehen und alle würden mich auslachen.

»Ich kann das nicht«, sagte ich zu Freddo. »Ich kann nicht.« Mein langer Hohlbirnenkörper begann zu zittern und große Mädchentränen tropften auf den Boden. »Hilf mir, Freddo. Bitte!«

Die Sache mit Freddo ist die: Er tut immer so, als würden ihn meine verrückten Vorhaben nicht besonders interessieren, aber wenn es hart auf hart kommt, kann ich mich auf ihn verlassen.

»Alles wird gut«, sagte er. »Gordon weiß die Antworten. Jetzt müssen wir nur noch herausfinden, wie wir sie von ihm zu dir bekommen.«

»Wie meinst du das?«, heulte ich.

»Wir müssen herausfinden, wie wir bescheißen können«, sagte Freddo.

»Ich kann nicht bescheißen«, sagte ich. »Mum und Dad drehen durch, wenn sie dahinterkommen.«

»Aber wenn du dafür sorgst, dass nachher Gordons Name auf diesem Pokal steht, ist es kein Betrug«, sagte Freddo. »Er wird dieses Jahr als Sieger der Superhirn-Meisterschaft in die Geschichte eingehen, nicht du.«

Ich war mir da nicht so sicher.

Vielleicht war es besser, wenn ich null Punkte bekam und im Fernsehen an der Demütigung starb.

Wenn ich dann tot war, konnte Mum die Urne mit meiner Asche auf das neue Regal im Schrein der Anerkennung stellen. Das Regal, das Dad für meinen Superhirn-Pokal gebaut hat.

Mum könnte es den Schrein der Erniedrigung nennen. Ich habe eine Menge, was man dort hinstellen könnte:

## ALL DIE DEMÜTIGUNGEN, DIE MIR SCHON PASSIERT SIND

| WAS ICH GETAN HABE | WIE ALT ICH WAR | WIE VIELE LEUTE ES GESEHEN HABEN | DEMÜTIGUNG FAKTOR |
|---|---|---|---|
| BEI JESSIES SCHULAUFFÜHRUNG IN DIE HOSE GEPISST | 3 | 17 | 51 |
| GEHEULT, ALS ICH DAD IM SUPERMARKT VERLOREN HABE | 8 | 2 | 16 |
| EIN MOSHI-MONSTER MIT EINER POKÉMON-FIGUR VERWECHSELT | 6 | 6 | 36 |
| BEIM FUSSBALL EIN EIGENTOR GESCHOSSEN, WEIL ICH NICHT WUSSTE, IN WELCHE RICHTUNG GESPIELT WURDE | 9 | 24 | 216 |
| FÜR EIN MÄDCHEN GEHALTEN WORDEN, ALS ICH MICH MIT LANGER SCHWARZER PERÜCKE UND KOPFTUCH ALS PIRAT VERKLEIDET HATTE | 7 | 11 | 77 |

Aber ich fürchtete, im Fernsehen keine einzige Frage beantworten zu können, wäre schlimmer als das alles zusammengenommen. Jemand würde es garantiert auf YouTube hochladen. Ich würde FÜR IMMER als Loser abgestempelt sein.

Meine ganze Familie würde darunter leiden.

Mr Sack an der Universität von Albuquerque würde Dad feuern, weil sein Sohn ein Totalversager war.

Dober-Mum würde vor Scham derart durchdrehen, dass man sie einschläfern würde, aus Angst, sie hätte die Tollwut.

Jessies Freund mit dem Eselslachen würde sie sitzen lassen.

Timmys Erzieher würden denken, er wäre so dumm wie sein großer Bruder. Anstelle von »Gut gemacht«-Stickern würde er nur noch »Netter Versuch«-Sticker bekommen.

Das konnte ich meiner Familie nicht antun.

Ich musste an dem Quiz teilnehmen und ich musste gewinnen. Und es gab nur einen Weg, wie ich das schaffen konnte.

Ich würde bescheißen müssen UND dafür sorgen, dass niemand mich dabei erwischte.

# 15. DER MILLIONEN-BETRÜGER

»Wie stelle ich es an?«, fragte ich Freddo und Gordon, als wir uns nach der Schule bei mir trafen.

»Das kommt auf ›es‹ an.« Gordon sah auf und wackelte über seiner Brille mit den Augenbrauen.

Freddo grinste.

Ich wusste, was sie dachten, und es war erbärmlich. Wir sollten uns auf das wichtigste Ereignis in meinem Leben vorbereiten, und sie dachten nur an dieses »ES«, das letzte Woche im Sexualkundeunterricht für die sechsten Klassen auf dem Lehrplan gestanden hatte. Rooner und die Fußball-Gang kugelten sich jedes Mal vor Lachen, wenn jemand das Wörtchen »ES« sagte, aber ich hatte echt gedacht, dass Gordon »ES« für viel zu unhygienisch hielt.

»Verlässt du das Superhirn-Team, um dich der Fußball-Gang anzuschließen?«, fragte ich.

»Nein!« Gordon glättete zum hundertsten Mal an diesem Tag seine Augenbrauen. »Ich glaube nicht, dass das eine gute Idee wäre.«

»Gut, denn ich muss diese Superhirn-Sache unbedingt gewinnen, und das schaffe ich nur, wenn ich …« Ich warf einen Blick über meine Schulter, um ganz sicherzugehen, dass mich wirklich niemand hören konnte. »Wenn ich S-C-H-U-M-M-L-E.«

»Wovon redest du?« Freddo runzelte die Stirn. »Was für eine Hummel?«

»Nicht Hummel«, zischte ich. Freddo war eine geborene Hohlbirne. »Ich habe SCHUMMLE buchstabiert. Darüber haben wir doch vorhin in der Schule noch gesprochen.«

»Ach so! Ich hatte ganz vergessen, dass du bei der Superhirn-Meisterschaft bescheißen willst!« Freddos Stimme dröhnte durch mein Zimmer.

»Pst! Ich will nicht, dass meine Familie etwas davon mitkriegt. Niemand darf etwas mitkriegen.« Vor allem nicht Mr Pitdown. Ich konnte ihn vor mir sehen, wie er unter seinem Schnurrbart feixte. Er verdächtigte mich sowieso schon, dass ich bei dem Qualifikationstest geschummelt hatte. »Es muss ein Geheimnis bleiben.«

»Es ist kein Geheimnis. Du hast es uns ja verraten«, sagte Gordon.

»Natürlich habe ich es euch verraten!«, sagte ich. »Denn ihr werdet mir dabei helfen müssen!«

Gordons Augen kullerten eine Weile in den Augenhöhlen herum. Ich vermute, es liegt allen Genies im Blut, dass sie nicht schummeln können.

»Ich möchte nicht in aller Öffentlichkeit blamiert werden. Ich möchte deinen Namen auf dem Superhirn-Pokal sehen. Jessie möchte, dass ich Dad davon abhalte, mit der Familie für immer nach Albuquerque zu ziehen«, sagte ich. »Ich muss irgendwie gewinnen.«

Tiefe Falten bildeten sich auf Gordons Stirn. Er glättete seine Augenbrauen mit besonderer Sorgfalt. Er überprüfte, ob über seinen Ohren Haare abstanden, und am Ende zupfte er sich an der Nase.

»Okay«, sagte er.

Gordon war der beste zweitbeste Freund, den man sich wünschen konnte.

»Wie werden wir es anstellen?«, fragte ich.

»Wir brechen ins Superhirn-Hauptquartier ein und stehlen die Fragen«, schlug Freddo vor.

»Mr Kendal«, sagte Gordon, »ich muss Sie davon in Kenntnis setzen, dass ich zwar bereit bin, Ihnen zu helfen, die Meisterschaft zu gewinnen, aber nicht, dabei das Gesetz zu brechen.«

»Ich auch nicht«, sagte ich. »Irgendwelche anderen Vorschläge?«

Plötzlich hustete Freddo und besprühte mich mit Chipskrümeln.

»Freddo!«, brüllte ich und wischte mir Käse-und-Zwiebel-Geschmack aus dem Gesicht.

»Das ist die Lösung«, sagte Freddo. »Husten. Das hat mal jemand bei *Wer wird Millionär?* gemacht. Kannst du auf YouTube ansehen.«

Gordons Finger tanzten über die Tasten seines Laptops, dann hörte ich die dramatische Musik der Millionärs-Show.

Habt ihr schon mal den Bericht über den größten Quizshowbetrug aller Zeiten gesehen? Er ist toll. Dieser Kerl war völlig besessen davon, eine Million Pfund zu gewinnen, obwohl er kaum etwas wusste.

Er stolperte durch die Fragen, und es war total offensichtlich, dass er schummelte, weil er erst sagte: »Ich habe noch nie von Craig David gehört.« Dann hustete sein Kumpel hinter ihm. Und plötzlich gab er die Antwort: »Es ist Craig David.« Und schon hatte er die nächste Gewinnstufe erreicht.

Ich hätte keine der Fragen beantworten können, aber ich bin erst elf Jahre alt und habe mich noch nie dafür qualifiziert, bei *Wer wird Millionär?* mitzumachen – und das wird mir auch nie gelingen. Aber dieser Typ war mindestens dreißig, also hätte er schlau genug sein können, um die Fragen zu beantworten, besonders, wenn er vorher genug Spirulina-Algen gefuttert hätte.

Der Betrüger schummelte sich weiter durch die Fragen, bis er zur Millionenfrage kam, die da lautete:

WIE NENNT MAN EINE ZAHL MIT
HUNDERT NULLEN?

A. GOOGOL B. MEGATRON

C. GIGABIT D. NANOMOL

Zufälligerweise weiß ich, dass Megatron eine Figur aus *Transformers* ist. Aber ich wusste nicht, welche der drei anderen Antworten richtig war.

Der Betrüger sagte: »Ich weiß nicht genau, was ein Googol ist.« Aber am Ende wählte er das als seine endgültige Antwort aus und silberner Flitterkram rieselte auf ihn herab, weil er eine Million Pfund gewonnen hatte.

»Versuchen wir es einfach mal«, sagte Gordon. »Hier kommt eine Frage.«

**WER HAT IN DER GRIECHISCHEN MYTHOLOGIE DEN MINOTAURUS GETÖTET?**

**A. DAEDALUS B. DIONYSOS**
**C. THESEUS D. PERSEUS**

»Kennst du die Antwort?«

»Natürlich nicht«, sagte ich.

»Das darfst du nicht sagen!«, schimpfte Freddo. »Damit hat sich der Millionenbetrüger verraten. Erst sagte er, er hätte keine Ahnung, aber dann hat er die Frage doch richtig beantwortet.«

Er hatte recht. Ich versuchte es anders.

»Ich glaube, ich weiß die Antwort, aber ich bin mir nicht ganz sicher. Ich muss kurz nachdenken.« Ich legte die Hand ans Kinn und tat so, als würde ich wirklich scharf nachdenken.

»Es könnte A sein – dieser Dad-Typ.« Stille.

»Oder vielleicht B – der Dino-Typ.« Stille.

»C hört sich gut an – der Tesa-Typ.«

Gordon hustete hinter vorgehaltener Hand. Freddo hustete ebenfalls.

»Tut mir leid, das ist mir so rausgerutscht«, sagte er und räusperte sich erneut.

Zum Glück hatte ich mitbekommen, wann Gordon gehustet hatte, also sagte ich: »Ich glaube, es ist C. Das ist meine endgültige Antwort.«

»Herzlichen Glückwunsch! Du hast gerade eine Million Pfund gewonnen«, jubelte Freddo. »Chips für alle.«

»Er hat keine Million gewonnen«, sagte Gordon. »Das war eine Einhundert-Pfund-Frage.«

»Chips im Wert von 100 Pfund reichen sowieso.«

»Wenn du bei dem Quiz hustest, bekommst du nie wieder Chips«, drohte ich ihm.

»Ich wollte doch gar nicht husten. Da war nur so ein Kitzeln in meinem Hals.« Freddo zuckte die Schultern.

»Ich werde etwas gezielter husten, nicht so allgemein«, sagte Gordon.

»Wie hustet man gezielt?«, fragte ich.

Gordon hustete kurz und zackig in seine Hand.

Wir probierten es bei weiteren Fragen. Wenn Gordon die Antwort wusste, hustete er gezielt. Ich ignorierte Freddos Prusten. Gordon und ich konnten alle Fragen richtig beantworten.

Vielleicht sollte ich mich doch bei *Wer wird Millionär?* bewerben, wenn das alles vorbei war, und wirklich eine Million gewinnen.

»Großartig«, sagte ich schließlich. »Wir haben den Dreh raus.«

»Ich denke, jetzt wird es Zeit, die Bedingungen im Fernsehstudio nachzustellen«, sagte Gordon. »Die Kameras, die Scheinwerfer. In einem Fernsehstudio kann es ziemlich heiß werden, weißt du.«

Manchmal ist Gordon ein Genie. Manchmal ist er ein Superhirn und manchmal ist er eine Niete. (Wieder ein Wort für die Liste.) Die Bedingungen im Fernsehstudio nachzustellen, war einer seiner eher blöden Einfälle.

Ich musste mich in der Küche vor die offene Backofentür setzen. Gordon schaltete die höchste Gradzahl ein und stellte alle Flammen auf dem Gasherd an. Ich versuchte, ihm zu erklären, dass ich kein gegrilltes Superhirn sein wollte, aber das kümmerte ihn nicht. Er leuchtete mir mit Dads Schreibtischlampe direkt ins Gesicht.

»Ich kann überhaupt nichts sehen«, sagte ich und kniff geblendet die Augen zusammen.

»Gut«, sagte er. »Beantworte diese Frage.«

WIE LAUTET DIE MEDIZINISCHE BEZEICHNUNG FÜR DEN KÖRPERTEIL, DEN WIR ALS LUFTRÖHRE KENNEN?

A. FIBULA B. SPLEEN
C. HUMERUS D. TRACHEA

Ich verglühte, Schweiß tropfte durch meine Augenbrauen und brannte in meinen Augen.

Jessie hat mir zu Weihnachten ein Deospray gekauft. Es heißt Azteken-Dämmerung. Keine Ahnung, woher jemand wissen will, wie die Dämmerung zur Zeit der Azteken gerochen hat, aber es wundert mich nicht, dass diese Rasse ausgestorben ist. Am Morgen des ersten Weihnachtsfeiertags reichte jedenfalls ein Sprühstoß davon, um beinahe meine gesamte Familie zu ersticken.

Ich hatte es darum seitdem nicht mehr benutzt, aber nun bereute ich es. Ich hatte noch nie im Leben so stark geschwitzt und ein Hauch von Azteken-Dämmerung hätte mir jetzt wirklich gutgetan.

»Dan, konzentrier dich.« Gordons Stimme klang, als käme sie von weit weg. »Schau mich an.«

Ich konnte ihn nicht anschauen, weil ich ihn nicht sehen konnte. Um mich war nichts als gleißende Helligkeit und gleichzeitig Nachtschwärze. Ich hatte höllische Schmerzen.

Gordon las die Fragen und die Antwortmöglichkeiten noch einmal vor.

»Ist es A?«, lallte ich.

Ich meinte, ein Husten zu hören, aber ich war mir nicht sicher, ob es gezielt genug klang.

»Ist es B?«

Hust.

Vielleicht bildete ich es mir auch nur ein.

»Ist es C?«

Hust.

»Steckt vielleicht etwas in deiner Luftröhre? Du sollst mir die Antwort verraten und nicht nach jeder Frage husten«, klagte ich.

»Tue ich gar nicht«, sagte Gordon.

»Dann ist es Freddo.«

»Bin ich nicht«, sagte Freddo.

Hust. Hust.

»Da, schon wieder!«

»Mr Kendal, ich versichere Ihnen, dass Freddo ausnahmsweise ruhig ist und dass ich nicht huste. Ich bin nicht krank, und ich werde erst dann gezielt husten, wenn du die richtige der vier Antwortmöglichkeiten nennst.«

Hust.

Hust.

Es ist ganz schön schwer, sich zu konzentrieren, wenn man sich fühlt, als würde einem jemand mit Laserschwertern in die Augen stechen, während man gleichzeitig auf höchster Stufe gegrillt wird. Und in meinen Ohren war dieses ständige eingebildete Husten, das sich total echt anhörte.

Timmy tauchte in der grellen Dunkelheit auf. Er lehnte sich an mein Knie und schaute zu mir hoch.

Er hustete laut und sogar gezielt und legte sich die Hand auf den Mund.

»Du warst das«, sagte ich.

»Timmy hat Husten.« Er hustete noch einmal.

»Er ahmt dich nach, Gordon«, sagte ich.

»Wieso sollte er?«, fragte Gordon. Er hat ja keinen kleinen Bruder. Genau genommen hat er überhaupt keine Geschwister.

Dad kam herein. »Was ist hier los? Es ist knallheiß hier drin. Macht ihr wieder eins eurer verrückten wissenschaftlichen Experimente? Timmy, geh vom Ofen weg.«

Timmy tapste hustend aus der Küche.

»Wir versuchen, die Bedingungen im Fernsehstudio nachzustellen«, sagte Freddo. »Es war Gordons Idee.«

»Wir trainieren mit Ihrem Sohn, damit er ein Superhirn wird«, erklärte Gordon.

»Er braucht kein Training. Er ist schon sehr klug, nicht wahr, Dan? Zumindest, was das Allgemeinwissen angeht, nicht so sehr in den Schulfächern.« Er legte seinen Arm um meine verschwitzten Schultern und drückte mich. »Wie ich höre, hat er sogar dich geschlagen, Gordon, also muss er schlau sein.«

Meine Wangen brannten und das kam nicht nur von der Ofenhitze. Gordons Augäpfel pochten, als er versuchte, sie unter Kontrolle zu halten.

»An dem Quiz werden lauter Geniusse teilnehmen«, sagte Dad. »Oder ist der Plural von Genius Genii?«

»Genien«, sagte Gordon. »Die Genii sind ein Volk aus der Pegasus-Galaxie, das bei *Stargate* vorkommt. Sie leben unterirdisch.«

Ich wusste noch etwas, das unterirdisch war: dass ich meinen Namen nicht auf den Fragebogen geschrieben hatte.

»Es macht nichts, falls du nicht gewinnst«, sagte Dad zu mir. »Ich bin einfach stolz darauf, dass du die Schule repräsentierst.«

Meine Zehennägel rollten sich in meinen Sportschuhen, Größe 49, auf. Er wäre nicht mehr stolz, wenn man mich beim Schummeln erwischte. Wir würden den erstbesten Flug nach Albuquerque nehmen, um der Peinlichkeit zu entkommen.

Freddo hustete.

Es klang gezielt, aber da ich gerade keine Fragen zu beantworten versuchte, wusste ich nicht, was er mir damit sagen wollte.

Freddo hustete noch einmal und nickte zu meinem rechten Fuß hinunter.

Ich stand so nah am Herd, dass meine Jeans bereits schwelten. Gleich würde ich in Flammen aufgehen.

»Wir gehen raus. Frische Luft ist gut für den Kopf«, sagte ich und rannte zur Hintertür. Draußen riss ich mir die Jeans runter und hielt sie unter den Gartenschlauch.

Freddo schloss die Tür, damit Dad mich nicht in der Unterhose sah und dachte, dass wir mal wieder ein heikles wissenschaftliches Experiment durchführten.

»Das Husten funktioniert nicht«, sagte ich. »Es ist ansteckend. Sobald einer damit anfängt, machen alle mit.«

Ich begutachtete meine angekokelten Jeans. An einem Bein war ein dunkler Fleck, aber es war kein Loch reingebrannt. Ich würde Mum einfach sagen, dass ich wieder einen Unfall mit einem Filzstift gehabt hätte.

»Das ist ein bekanntes Phänomen.« Gordon sah in seinem Laptop nach. »Wenn einer hustet, machen die anderen mit. Genau wie beim Gähnen. Es ist ansteckend, ganz ohne Bazillen. Ich muss eine Kommunikationsmethode ersinnen, die nicht im ganzen Publikum um sich greift.« Gordon schloss die Augen und begann wieder mit seinem Augenbrauen-Ritual. »Handys«, sagte er.

»Du glaubst doch nicht, dass ich bei der Superloser-Meisterschaft einen Telefonjoker einsetzen darf!«, sagte ich.

»Und wenn der Joker dich anruft?«, fragte Gordon.

# 16. DAS GROSSE KRIBBELN

Gordon schaute uns eine Weile geheimnisvoll an. Dann erklärte er uns seinen Plan.

Seine Idee war ziemlich einfach und gerissen:

Aber in meinem Leben ist nie irgendetwas einfach.

Wir brauchten fünf Handys. Eines für jede Antwort und eines, von dem Gordon die Antworten simsen sollte.

Wir hatten aber nur:

- Handy 1, Gordons iPhone. Superklasse. Das neueste Modell. Das würde er verwenden, um die Antworten zu simsen.
- Handy 2, Freddos Handy. Das neueste Modell, das wie ein iPhone aussieht, aber keins ist.

Ich muss mich beim Telefonieren leider mit zwei Dosen und einer Schnur begnügen.

Na ja, ganz so schlimm ist es zwar nicht, aber mein Handy ist so alt, dass man damit weder Fotos machen noch im Internet surfen kann. Immerhin empfängt es SMS, also würde es reichen.

- Handy 3, mein uralter Klotz.

Doch selbst mit dieser Antiquität fehlten uns immer noch zwei Handys.

»Wir könnten den iPod mit den chemischen Zeichen verwenden«, sagte ich.

Gordon rümpfte die Nase.

»Ich würde es danach auch desinfizieren«, versprach ich. »Damit es ganz sicher keimfrei ist.«

»Das wird nicht nötig sein«, sagte Gordon. »Ein iPod vibriert nicht und es braucht einen WLAN-Anschluss mit Passwort.«

»Was machen wir dann?« Ich schaute Freddo an in der Hoffnung, dass ihm wie üblich etwas einfallen würde.

»Mein Bruder könnte noch ein Ersatzhandy haben«, sagte er. »Probieren wir es doch erst mal mit dem, was wir haben.«

»Mit nur zwei Antwort-Handys bekommen wir aber kein besonders gutes Testergebnis«, wandte Gordon ein.

»Ja, bei einer Fifty-fifty-Chance würde ich vielleicht sowieso die richtige Lösung erraten.«

»Wir versuchen es mit drei Antwortmöglichkeiten«, schlug Freddo vor. »Wenn die Antwort A oder B ist, spürst du ein Vibrieren von dem jeweiligen Handy. Wenn du gar nichts spürst, lautet die Antwort C.«

»Das bringt nichts«, fand ich. »Ich könnte denken, dass Gordon die Antwort nicht weiß.«

»Könnten Sie das wirklich, Mr Kendal?« Gordon sah mich über den Brillenrand hinweg an wie ein hochnäsiger Professor.

»Tut mir leid, Kumpel, aber du weißt nicht ALLES.«

»Ich weiß meinen Namen, das ist mehr, als *du* weißt«,

sagte Gordon. Er hasst es, Kumpel genannt zu werden. »Soll ich dir nun helfen oder nicht?«

»Natürlich sollst du mir helfen. Ich wollte nur sagen, dass ich mich wohler fühlen würde, wenn ich für jede Antwortmöglichkeit ein Handy hätte.«

»Wir könnten das Handy deiner Schwester benutzen«, meinte Freddo.

»Bist du wahnsinnig?«, sagte ich. »Jessies Handy ist quasi an ihrem Ohr festgeklebt.«

»Nimmt sie es auch mit unter die Dusche?«, fragte Gordon. Er öffnete die Tür zum Flur und wir konnten hören, dass im Bad die Dusche lief, während in voller Lautstärke *One Direction* aus Jessies Zimmer dröhnte.

»Ich schätze, wir haben höchstens zehn Minuten«, sagte ich. »Ich hole ihr Handy. Ihr überlegt euch, wie ihr die anderen an mir befestigen wollt.«

Jessies Zimmer ist ein Altar für *One Direction*. Ich glaube, die Tapete ist rosa, aber davon sieht man nicht viel. Die Wände sind komplett mit Postern zugeklebt. Es war ein bisschen unheimlich, aus allen Richtungen von fünf Augenpaaren beobachtet zu werden. Besonders, weil ich etwas Verbotenes vorhatte.

»Keine Sorge, Jungs«, sagte ich zu der Band, als ich Jessies Handy vom Bett nahm. »Ich leihe es nur aus. Bringe es gleich zurück.«

Was war nur mit mir los? Jetzt redete ich schon mit Bildern von *One Direction*. Jessie hat einen sehr schlechten Einfluss auf mich.

Wir legten die drei Antwort-Handys auf den Boden und bestimmten, welches davon A, B, und C sein sollte.

Da Gordon sich weigerte, mich anzufassen, musste Freddo die Handys auf meinem Rücken befestigen.

Jessies Pseudodiamanten-Glitzerhülle kratzte mich auf der Haut wie eine Zillion Moskitobisse, aber ich konnte mich nicht damit aufhalten, die Hülle zu entfernen. Uns lief die Zeit davon.

Mein T-Shirt verdeckte die Handys ganz gut. Ich sah zwar aus, als hätte ich ein deformiertes Rückgrat, aber ich schätzte, ich würde damit durchkommen, weil die Meisterschaft von Erwachsenen organisiert wurde. Und Erwachsene stellen Kindern mit Behinderungen keine peinlichen Fragen zu ihren Beschwerden.

Freddo war diesmal der Quizmaster, da Gordon die Antworten simsen musste.

»Welche dieser Inseln liegt im Mittelmeer?«, fragte er.

Noch bevor er mir die drei Antwortmöglichkeiten genannt hatte, vibrierte Jessies Handy und zerkratzte mich übel.

»C ...«, sagte ich.

»Falsch«, sagte Freddo.

»Gordon, du darfst mir die Antwort nicht simsen, bevor alle vorgelesen wurden, sonst fliegen wir sofort auf!«

»Hab ich doch gar nicht«, sagte er.

Jessies Handy vibrierte erneut. Ich versuchte, das kratzige Ding zu entfernen, aber es gelang mir nicht.

Nun vibrierte das Handy auf meiner linken Schulter.

»Ist es A?«, fragte ich.

»Nein. Die Antwort lautet B, Kreta«, sagte Freddo.

»Wer simst mir denn dann?«

»Dreh dich um«, sagte Freddo und zog mein T-Shirt

hoch, um die SMS zu lesen. »Dazzer möchte sich um sechs Uhr mit Jessie an der Ecke treffen und *PgZ* schreibt, dass ich ein kostenloses Upgrade bekomme. Super!« Freddo riss sein Handy von meiner Schulter und ein großes Stück Haut gleich mit.

»Aaaaargh!«, brüllte ich. »Es ist alles zwecklos. Wir brauchen nagelneue Handys mit nagelneuen Nummern, damit ich nicht dauernd SMS von *Pflanzen gegen Zombies* oder Jessies Freund kriege.«

Jessies Handy vibrierte wieder, aber diesmal war es ein Anruf, bei dem zusätzlich zur Vibration laut ein *One Direction*-Song dudelte. An den Song erinnere ich mich nicht. Sie hören sich für mich alle gleich an.

»Hat jemand mein Handy gesehen?«, jammerte Jessie im Flur. »Ich habe es verloren.«

Verdammt! Ich riss mir das Handy mit der kratzigen Hülle vom Rücken. Wenn Jessie merkte, dass ich es mir geliehen hatte, würde sie komplett durchdrehen. Aber wenn sie mitbekam, dass es in meinem Zimmer klingelte und ich es ihr nicht zurückgab, würde sie noch mehr durchdrehen. Also beschloss ich, dass es trotz allem am besten war, es ihr so schnell wie möglich zu bringen.

»In Deckung!«, rief ich. »Sie wird gleich explodieren!« Ich öffnete die Tür und warf das Glitzerhandy wie eine scharfe Handgranate in den Flur.

»Ich bringe dich um, Daniel Kendal!«, kreischte Jessie. Flüchtig sah ich sie auf mich zustürmen, ein Handtuch um sich geschlungen, mit tropfnassen Haaren und wütendem Gesicht, bevor ich meine Zimmertür zuschlug.

»Barrikade! Barrikade!«, rief ich.

Freddo wusste sofort, was zu tun war, denn wir machten das nicht zum ersten Mal. Er warf sich gegen die Tür, während ich meine Kommode davorschob, damit Jessie die Tür nicht aufschieben konnte. Wir setzten uns beide auf die Kommode.

»Daniel!«, brüllte Jessie. Doch dann ertönte wieder ihr *One Direction*-Klingelton und sie gab sofort auf. Ich schätze, es war ihr wichtiger, mit ihrem Freund zu sprechen, als ihren Bruder umzubringen.

Es war schön zu wissen, dass ich weiterleben würde.

»Wir brauchen ein anderes Handy«, sagte ich.

»Es gibt noch ein Problem«, sagte Gordon. »Diese Methode funktioniert nur dann, wenn Multiple-Choice-Fragen gestellt werden.«

»Und werden bei dem Quiz Multiple-Choice-Fragen gestellt?«

Gordon starrte eine halbe Ewigkeit auf einen Klumpen Klebeknete an der Wand über meinem Bett. Schließlich flüsterte er: »Nein.«

»Was zur Hölle machen wir dann die ganze Zeit?«, fragte ich.

Eine dicke schwarze Stille breitete sich aus, bis sie größer war als die gähnende Leere in meinem Gehirn. Wir brauchten dringend einen idiotensicheren Plan, wenn ich eine Chance haben sollte, auch nur eine einzige Frage zu beantworten. Geschweige denn zu gewinnen.

»Was ist aus dem Millionenbetrüger geworden?«, fragte ich.

»Gefängnis«, sagte Freddo. »Achtzehn Monate.«

# 17. AUTSCH!

»Ich will nicht ins Gefängnis«, sagte ich. »Ich würde da gar nicht hinpassen:

1. Ich habe keine Tätowierung.
2. Ich hasse die Farbe Grau. (Im Gefängnis ist alles grau, sogar das Essen.)
3. Ich kenne nicht genug Schimpfwörter.

Ich muss bescheißen, ohne dass jemand es mitbekommt.«

»Schau nicht mich an«, sagte Freddo. »Ich weiß nichts. Du kennst mich doch.«

»Irgendwelche Ideen, Gordon?«, fragte ich.

Gordon schloss die Augen und legte die Hände locker auf die Tastatur. Seine magere Brust hob sich, als er tief einatmete, und sie senkte sich unter seinem Blazer, als er die Luft wieder ausstieß. Das wiederholte sich mehrmals. Jeder Atemzug schien ewig zu dauern.

Freddo verschränkte die Arme. Ich wusste, was er dachte.

Gordon benahm sich noch seltsamer als gewöhnlich, nur dass er diesmal seine Augenbrauen in Ruhe ließ.

Gordon atmete erneut. Beim Ausatmen wischte er mit den Fingern über die Tastatur seines Laptops. Er tippte nicht, es war mehr eine Art ... Abstauben. Nur dass auf seinem supersauberen Laptop kein einziges Stäubchen zu sehen war. Seine Finger gingen in kreisende Bewegungen über, aber er ließ die Augen geschlossen.

»Ich wusste nicht, dass du massieren kannst«, bemerkte Freddo.

Gordon hob ein Lid, sah Freddo an und ließ einen Augapfel hervorquellen.

»Reiki«, sagte Gordon. Ich konnte sein anderes Lid zucken sehen, als ob es sich gleich öffnen würde.

»Was ist das?«, fragte Freddo.

»Ich glaube, Gordon braucht seine Ruhe«, sagte ich, damit Freddo den Mund hielt.

Gordon zog den Augapfel wieder ein und wischte weiter über die Tastatur.

»Und ich brauche was zu essen. Hast du Chips?«, fragte Freddo.

Ich spürte, wie sich Gordon anspannte. Ich konnte Freddo nur zum Schweigen bringen, in dem ich ihm den Mund stopfte.

Erinnert ihr euch an Mums Regeln? Kein Essen in den Schlafzimmern. Zum Glück habe ich hinten in meinem Kleiderschrank einen geheimen Vorrat an Snacks. Aber es waren nur noch Superhirn-Reiscracker übrig. Ich öffnete eine Packung hinter meinem Rücken, damit Freddo nicht sah, womit ich ihn fütterte.

»Mund auf!«, sagte ich.

Freddo ging in Position.

Ich warf eine der nach Styropor schmeckenden Reisscheiben über Gordon hinweg in Freddos geöffneten Mund.

Freddos Kiefer klappte zu, aber eine Millisekunde später riss er ihn wieder auf und ein feuchter Reiscracker kam mit Schallgeschwindigkeit herausgeflogen.

Mit einer Reaktionsschnelligkeit, die für mich ungewöhnlich ist, sprang ich quer durchs Zimmer und fälschte den mit Spucke überzogenen Cracker ab, bevor er Gordon traf.

Es klappte.

Mehr oder weniger.

Gordon wurde nicht von Freddos ausgespucktem Reiscracker verseucht, aber mein Fuß verfing sich versehentlich im Kabel seines kostbaren Laptops und riss ihn von seinem Schoß. Der Deckel klappte zu und das Ding wurde über den Teppich geschleudert wie eine tief fliegende Frisbee-Scheibe. Gordon sprang auf die Füße und grapschte den rotierenden Laptop vom Boden.

»Hände weg!«, quiekte er.

»Tut mir leid!« Ich hob die Hände über den Kopf.

Gordon drückte sich den Laptop an die Brust wie einen innig geliebten Teddy. Ich vermute, dass Gordon wegen der Keime keinen Teddy besitzt. Vielleicht hatte er nie einen gehabt. Der Laptop war sein wertvollster Besitz.

»Ich wollte dich vor dem da beschützen.« Ich öffnete die Hand und zeigte ihm den zerknautschten, schleimigen Reiscracker.

Gordons Gesicht nahm einen seltsamen Grünton an und er schob sich rückwärts in eine Ecke.

»Was ist das?«, fragte er.

»Ja, womit wolltest du mich vergiften?« Freddo wischte sich die Zunge am Ärmel seines T-Shirts ab. »Das hat ekelhaft gesund geschmeckt.«

»Reste von meiner Superhirn-Diät«, murmelte ich. »Ist mit deinem Laptop alles in Ordnung?«

Gordon hob den Deckel ein Stück und sah hinein. Er nickte.

»Was hast du überhaupt gemacht?«, fragte Freddo.

»Reiki. Eine spirituelle japanische Heilmethode. Ich experimentiere, ob ich damit Informationen aus dem Internet durch Hellsehen herunterladen kann.«

»Dafür gibt es doch Google«, meinte Freddo.

»Google ist ein Computerprogramm. Da sind von Menschen Filter und Algorithmen eingebaut worden, durch die mir vielleicht wichtige Informationen vorenthalten werden.«

Freddo grinste. Wir hatten uns in der Schule einen Vortrag anhören müssen über Netzsicherheit und all das Zeug im Internet, von dem Erwachsene meinen, es sei für uns gefährlich.

»Hat das Reiki-Ding funktioniert?«, fragte ich.

»Das bezweifle ich. Du hast den Qi-Fluss unterbrochen«, sagte Gordon.

Ich wusste nicht, wovon er faselte, aber ich hatte trotzdem ein schlechtes Gewissen.

Gordon schaute auf den Bildschirm. Plötzlich hellte sich sein Gesicht auf.

»Es sieht so aus, als ob dein Eingreifen am Ende doch ein glücklicher Zufall war. Als du gegen den Laptop getreten hast, muss ich instinktiv eine Taste gedrückt haben, oder du bist an die Maus gestoßen oder so.« Er tippte wie wild auf der Tastatur herum. »Ja! Ja! Ja!«, sagte er mit seiner schnulzigen »Computer, ich liebe dich«-Stimme. »Das ist es!« Ein fettes Grinsen breitete sich auf seinem Gesicht aus.

Gordon musste seine Idee sieben Mal erklären, bevor Freddo und ich sie kapiert hatten. Er zeichnete für uns sogar noch ein Schaubild:

»Aber ich werde ein Mikro angesteckt bekommen«, wandte ich ein. »Was, wenn es deine Stimme auffängt, die in mein Ohr flüstert?«

»Das ist ja das Raffinierte daran.« Gordons Wangen röteten sich. »Es gibt kein Flüstern. Die Technologie ist dieselbe wie bei einem Cochlea-Implantat. Deine Brille überträgt winzige Vibrationen, die dein Gehirn sozusagen hört.«

»Eine vibrierende Brille?«, wunderte sich Freddo.

Man sollte meinen, dass Freddo inzwischen völliges Vertrauen in Gordons geistige Fähigkeiten haben sollte. Doch leider ist das nicht der Fall. Ein Glück, dass ich Gordon besser kenne.

»Gordon«, sagte ich. »Du bist ein Genie.«

# 18. EIN RUDEL SUPERHIRNE

Das Finale der Superhirn-Meisterschaft fand an Dads Universität statt, wo aus schlauen Menschen noch schlauere Menschen gemacht werden. Normalerweise braucht man ein Gehirn von der Größe des Jupiter, um auch nur als Besucher zugelassen zu werden.

Mein Gehirn war auf die Größe eines Lollis geschrumpft, aber das schien der Wachmann nicht zu merken. Er ließ mich, Mum, Dad und Jessie durch das Tor, ohne sein Maßband zu zücken.

»Guten Morgen, Mr Daniels«, dröhnte Mr Biggends Stimme durch die Eingangshalle. »Was für ein Triumph! Kenny im Finale.« Er klatschte mir auf den Rücken und lächelte auf diese gekünstelte Art, die er für Eltern reserviert hat.

Dad runzelte die Stirn.

Mum runzelte die Stirn.

Jessie lachte.

»Und hier ist der Rest von Kennys Jahrgang, bereit, ihn anzufeuern.« Mr Biggend winkte in Richtung einer Gruppe Sechstklässler, darunter Freddo und ein seltsam aussehender Gordon, alle unter der Aufsicht von Mr Pitdown.

»Die Teilnehmer und ihre Familien warten bitte in der Cafeteria«, sagte eine kleine Frau mit engem Rock und hochhackigen Schuhen. Sie trug ein Klemmbrett und zeigte uns, wo es langging. »Alle anderen gehen bitte in den Zuschauerraum. Und denken Sie daran, die Handys auszuschalten.«

Gordon trug eine dicke Gummibadekappe. Ich vermute, sie sollte ihn vor den schädlichen Strahlen der Fernsehkameras schützen. Ausnahmsweise sah er nicht wie ein Supernerd aus, sondern wie ein Riesenidiot.

Noch ein Wort für die Hohlbirnen-Liste!

Freddo streckte den Daumen nach oben, und Gordon deutete auf das winzige Mikrofon, das er an seine Krawatte gesteckt hatte. Ich nahm Gordons Schummelbrille aus meiner Tasche, um ihm zu zeigen, dass ich bereit war.

»Du setzt dich am besten neben mich, Gordon«, sagte Mr Pitdown. »Mal schauen, ob wir die Fragen schneller beantworten können als Daniel.«

Ich erstarrte. Dass Gordon neben Mr Pitdown saß, gehörte nicht zum Plan. Es war wichtig, dass er während der Fragen jederzeit mit mir reden konnte, sonst war ich zur Niederlage verdammt.

»Ich habe Gordon versprochen, dass ich neben ihm sitze«, sagte Freddo und stieß einen nach Käse und Zwiebeln stinkenden Rülpser aus. »Verzeihung«, sagte er, wahrscheinlich zum ersten Mal in seinem Leben.

»Ich könnte mir vorstellen, dass Gordon lieber neben mir sitzen würde«, sagte Mr Pitdown naserümpfend.

Neiiiiin! Das wäre eine riesige Katastrophe!

»Ganz, wie Sie wollen. Aber kommen Sie ihm nicht zu nahe.« Freddo deutete auf die Badekappe. »Er hat Läuse.«

»Es ist wohl doch besser, wenn du bei deinen Freunden sitzt.« Mr Pitdown ging langsam rückwärts, dann drehte er sich um und rannte Mr Biggend hinterher.

Gut gemacht, Freddo! Ich zeigte meinen zwei besten Freunden die hochgereckten Daumen und sie gingen in den Zuschauerraum. Stufe eins unseres Schummelplans hatte immerhin geklappt.

Dad ging voraus in den Wartebereich für die Teilnehmer. Ich folgte ihm, was ziemlich schwierig war, da meine Beine zu viel Angst hatten, um ordentlich zu funktionieren. So ähnlich wie der Rest von mir.

Wusstet ihr, dass es verschiedene Arten von Superhirnen gibt? Ich bin vielleicht größer als die meisten Kinder und sehe deshalb unnormal aus, aber glaubt mir, neben den anderen Teilnehmern der Superhirn-Meisterschaft sah ich total normal aus.

Wie nennt man eine Gruppe von Superhirnen? Ein Rudel? Eine Herde? Oder einfach einen Haufen Nerds?

Gründe, warum ich nicht hierhergehörte:

1. Ich war der einzige Teilnehmer ohne Jackett. Ich trug Jeans und ein T-Shirt.
2. Mein Kopf war viel kleiner als der der anderen. Ich wette, dass Gordons Hirnwachstumstabelle alle Grenzen gesprengt hätte, wenn er deren Messwerte hinzugefügt hätte.
3. Die anderen Teilnehmer wirkten entspannt und so selbstgefällig, als ob sie die Meisterschaft schon gewonnen hätten. Ich sah aus wie ein bematschtes Erbsenhirn, in dem ein Vulkan der Furcht blubberte, der jeden Moment ausbrechen konnte.
4. ALLE trugen genau so eine Brille wie Gordon.

Ich trug die Schummelbrille, die wir aus einer alten Brille von Gordons Großvater gemacht hatten. Das Gestell war mir viel zu groß und rutschte mir immer wieder von der Nase. Gordons Großvater hatte offensichtlich auch einen großen Kopf gehabt. Das musste in der Familie liegen.

Ich setzte mich so weit wie möglich von den anderen Kindern weg, damit sie mir keine Fragen stellen konnten, auf die ich dann keine Antwort wüsste. Ich wollte jede Art von Erniedrigung unter allen Umständen vermeiden. Aber das war unmöglich, wenn Jessie dabei war.

»Seit wann brauchst du eine Brille?«, fragte Jessie, als wir darauf warteten, in den Saal gelassen zu werden.

»Willst du, dass ich gewinne, oder nicht?«, fragte ich.

»Ach, ist das eine Röntgenbrille? Kannst du damit die Antworten sehen, die auf der Rückseite der Fragekarten stehen? Das wäre deine einzige Chance auf den Sieg.« Jessie machte mit ihrem Handy ein Foto von mir. Ohne Zweifel würde es in Sekundenschnelle auf Facebook landen, obwohl es geheißen hatte, dass alle Handys ausgeschaltet werden sollten.

»Lass ihn in Ruhe, Jessie«, sagte Mum. »Hat Gordon sie dir als Glücksbringer gegeben, Dan?«

»So was in der Art«, sagte ich.

»Du siehst damit sehr vornehm aus«, sagte Mum.

»Du siehst wie ein Oberhornochse aus«, sagte Jessie.

Ein Glück, dass ich keine von Gordons Badekappen trug, sonst würde ich wie ein doppelter Oberhornochse aussehen. (Und wieder ein Wort für die Liste.)

Als ich in den Saal ging, konnte ich einen kurzen Blick in einen Spiegel erhaschen. Ich sah nicht wie ein vornehmer Oberhornochse aus, sondern wie ein Betrüger. Ich hoffte nur, dass es niemandem auffiel.

Das Auditorium der Universität war für einen Tag zum Fernsehstudio umfunktioniert worden. Überall gab es Scheinwerfer und Kameras, aber zum Glück waren sie auf die Bühne gerichtet, nicht aufs Publikum, darum brauchte Gordon seine Gummibadekappe nicht, obwohl ich gewettet hätte, dass er sie immer noch trug.

Ich hätte eine Gehirnisolierung gut gebrauchen können. Die Kameras waren noch nicht an, aber sie zertrümmerten mir jetzt schon die Hirnzellen. Mein Kopf fühlte sich völlig tot an, aber mein Magen war umso lebendiger und drehte komplett durch. Was, wenn Mr Pitdown Gordon doch noch gezwungen hatte, neben ihm zu sitzen? Ich konnte nicht ins Publikum sehen, weil die Scheinwerfer mir direkt in die Augen strahlten. Gordon *musste* unauffällig in sein Krawattennadelmikrofon sprechen können. Allein würde ich das hier nicht durchstehen.

Die Bühne ragte in den Saal hinein. Jeder Teilnehmer saß hinter einem hohen, schmalen Pult. Wir waren in Hufeisenform um den Tisch des Quizmasters angeordnet. Ich saß zwischen Gruselhirn und Barbiehirn.

Ein wichtigtuerischer Mann befahl dem Publikum, still zu sein. Er zählte von fünf runter. Musik setzte ein und das Publikum wurde angewiesen zu klatschen.

Die Show hatte angefangen.

# 19. MEIN ERSTER FERNSEHAUFTRITT

Der Quizmaster war Max Novel, das größte Superhirn des Landes. Er hatte sogar noch weniger Haare als Mr Biggend, darum konnte ich auf seinem kahlen Schädel die Schwellungen erkennen an den Stellen, wo sein wuchtiges Gehirn aus dem Schädel zu platzen versuchte. Ich wette, er litt an Dauerkopfweh.

Neben ihm saß eine Frau mit aufgetürmter Frisur und riesiger Nase. Sie sagte nichts. Max Novel stellte sie als Schiedsrichterin vor, aber ich konnte keine Trillerpfeife um ihren Hals entdecken.

Der Quizmaster erklärte die Regeln der Superhirn-Meisterschaft: »Ich stelle euch Zufallsfragen aus allen Gebieten des Allgemeinwissens. Wer antworten will, drückt den Buzzer. Achtet darauf, nur zu buzzern, wenn ihr die richtige Antwort wisst. Wer ein einziges Mal falsch antwortet, scheidet sofort aus. Wer fünfmal hintereinander keine Antwort gibt, scheidet ebenfalls aus. Wer als Letzter übrig bleibt, ist der Sieger.«

Die Zuschauer klatschten. Meine Eingeweide hüpften nach oben und schlangen sich um meine Kehle. Das bedeutete ja, dass ich nicht einfach dahocken und nichts sagen konnte! Ich musste immer wieder Fragen beantworten, um im Rennen zu bleiben.

Vor meinem Gesicht schwankten grelle Lichter hin und her. Schweiß rann von meiner Stirn und ließ die Schummelbrille noch tiefer rutschen. Ich packte die Fassung und rammte sie mir fest ins Gesicht.

»Alles klar, Dan?«, hörte ich Freddos Stimme in meinem Kopf.

»*Ich* bin für das Mikro zuständig.« Das war jetzt Gordons Stimme.

Es war, als wäre mein Kopf mein Zimmer, in dem wir drei abhingen und wie immer miteinander quatschten. Nur dass ich nicht zu Hause war. Ich war auf der Bühne, wo eine gigantische Fernsehkamera das letzte Restchen Wissen aus meinem Hirn saugte, und meine zwei besten Freunde waren irgendwo da draußen in der Finsternis und zofften sich.

»Siehst du denn nicht, dass er total in Panik ist?«, fragte Freddo.

»Gib mir das Mikro«, verlangte Gordon. Mein Kopf füllte sich mit ohrenbetäubenden Reibegeräuschen. Offensichtlich grapschten beide nach dem Mikro. Dann wurde es still, bis Gordons Stimme sagte: »Es wird Zeit, sich zu entspannen. Atme ein. Atme aus.«

Es war beeindruckend. Meine Schultern entspannten sich und plötzlich konnte ich wieder atmen und etwas erkennen. Die Brille sagte mir nicht nur, was ich tun sollte, sie brachte mich auch dazu, es in die Tat umzusetzen. Es war, als seien Gordons Gedanken meine Gedanken. Ich entspannte mich, weil er es so wollte. Solange er also die Fragen beantworten konnte, war ich auf der sicheren Seite.

»Gut gemacht«, johlte Freddo und meine Brille vibrierte so stark, dass es sich anfühlte, als ob mir ein Güterwaggon über den Kopf fahren würde.

»Bitte unterlasse es, meinen Blazer anzufassen«, sagte Gordon, aber er sprach nicht mit mir. Offensichtlich.

»Okay, Teilnehmer, es geht los«, verkündete Max Novel. »Frage eins ...«

# 20. SCHLAG DAS SUPERHIRN

»Öööörggg!«

In meinem leeren Hirn echote der Rülpser eines Ogers und übertönte die Frage. Es war allerdings kein Oger. Es war Freddo, der alles ruinierte.

Muffelhirn buzzerte und sagte: »Paläontologie.«

Die Frage musste etwas mit Sauriern zu tun gehabt haben. Ich wäre unter Umständen sogar in der Lage gewesen, sie zu beantworten, wenn Freddo nicht so hemmungslos gerülpst hätte.

»Richtig!«, sagte Max Novel. »Wie heißt ...«

»Du bist so widerlich!«, zischte mir Gordon ins Ohr.

Schnöselhirn buzzerte. »Pointillismus.«

Ich war nicht sicher, ob das ein Wort war oder ob er geniest hatte.

Die Brille rutschte mir von der schweißnassen Nase und endlich bekam ich eine Frage zu hören.

»Welche Vögel gehören zur Ordnung der Strigiformes?«

Ich hatte keinen blassen Schimmer.

»Eulen«, antwortete Schlangenhirn.

»Richtig.«

Das war unmöglich. Entweder ich bekam die Fragen nicht mit oder ich wusste die Antwort nicht. Ich schob die Brille zurück an ihre Stelle.

»Ich glaube, du solltest mal zum Arzt gehen.« Das war wieder Gordons Stimme. »Mundgeruch kann ein Anzeichen von Verdauungsstörungen sein.«

»Ach, ist er nicht dein Geschmack?« Freddo klang, als hätte er großes Vergnügen daran, Gordon aufzuziehen. Niemals würde er jetzt einfach aufhören und die Klappe halten. »Huuuuuuuuuuuuh!«, atmete Freddo geräuschvoll aus.

»Halte Abstand! Ich habe eine hoch entwickelte olfaktorische Wahrnehmung«, quiekte mir Gordons Stimme ins Ohr. Ich wusste zwar nicht, was das bedeuten sollte, aber dafür wusste ich genau, dass meine beiden besten Freunde gerade vergessen hatten, dass es hier um mich und die Meisterschaft ging.

»Nächste Frage«, sagte Max Novel.

Ich bekam sie nicht zu hören, weil meine angeblichen Freunde unentwegt quasselten.

Ich würde der ultimative Superloser werden! Ich würde rausfliegen, ohne auch nur eine einzige Frage beantwortet zu haben.

»Jeder, der noch keine Frage beantwortet hat, muss die nächste unbedingt lösen, sonst scheidet er aus. Das sind Dimitri, Florence und Daniel.« Über seinen Brillenrand hinweg taxierte Max Novel Fischhirn, Barbiehirn und mich.

»Öööörggg!«, rülpste Freddo erneut. Ich konnte ihn sogar ohne die Schummelbrille hören. Der Rülpser erfüllte den ganzen Zuschauerraum. Aber für mich war er so laut, dass er mir fast den Kopf wegblies.

Ich riss mir die Brille vom Gesicht und bekam gerade noch die entscheidende Frage mit:

»Wie lautet der zweite Vorname von James T. Kirk, dem Captain von Raumschiff Enterprise in der *Star Trek*-Serie?«

Ich haute auf meinen Buzzer.

»Tiberius«, sagte ich. Und ich wusste, das war …

»Richtig!«

Die Zuschauer klatschten, und ich spürte, wie die Brille in meinem Schoß vibrierte.

»Tut mir leid, Florence und Dimitri, ihr scheidet aus.«

Fischhirn ging von der Bühne. Dicke Tränen kullerten aus seinen Augen in seinen geöffneten Mund. Er hatte keine einzige Frage beantwortet.

Barbiehirn ging mit schwingenden Hüften und hüpfendem Pferdeschwanz, als wäre sie ein Model auf dem Catwalk. Sie winkte kurz ins Publikum und alle johlten. Jemand pfiff durch die Finger, und Barbie knickste, bevor sie ihre Fans endgültig verließ.

Ich hatte eine Frage richtig beantwortet!

Ich!

Ganz allein!

Die Brille in meinem Schoß vibrierte wie verrückt. Gordon und Freddo mussten wohl total durchdrehen. Genau wie meine Eingeweide.

Diese Frage war SO leicht gewesen. ZU leicht. Ich würde kein zweites Mal so einen Dusel haben. Ich setzte die Brille wieder auf und wartete auf die nächste Frage.

»Sarah, du musst die nächste Frage richtig beantworten, sonst scheidest du aus«, sagte Max Novel. »Was wird mit einem Barometer gemessen?«

Sarah Muffelhirn buzzerte. »Die Höhe von Gebirgen.«

»Falsch«, sagte Max Novel.

»Luftdruck«, sagte Gordon.

Ich haute auf den Buzzer und sagte: »Luftdruck.«

»Tut mir leid, Daniel. Wenn eine Frage falsch beantwortet wurde, wird sie nicht an die anderen Teilnehmer weitergegeben. Das ist schade, denn mit einem Barometer misst man tatsächlich den Luftdruck und deine Antwort wäre richtig gewesen.«

»Ich hatte recht«, sagte Gordon.

»Aber du warst nicht schnell genug«, sagte Freddo.

»Sarah, du scheidest aus«, sagte Max Novel.

Muffelhirn zupfte sich etwas aus den Haaren und schnickte es in den Zuschauerraum.

»Großartig! Glaubst du, das war eine lebendige Laus?«, wollte Freddo wissen. »Hast du unter dieser Bademütze schon mal wirklich welche gehabt?«

»Mach dich nicht lächerlich«, sagte Gordon verächtlich. »Kopfläuse können nicht springen. Sie können nur krabbeln. Um sich anzustecken, muss man die Köpfe aneinanderhalten.« Und eins war sicher: Gordon war einem anderen Menschen nie so nahe gekommen, dass ihm eine Laus auf den Kopf hätte krabbeln können.

Die Menge applaudierte höflich, als Muffelhirn von der Bühne latschte.

Max Novel stellte die nächste Frage: »Wie weit können Läuse springen?«

Ich drückte den Buzzer. Gordon war unglaublich. Er konnte die Frage beantworten, bevor Max Novel sie überhaupt gestellt hatte!

»Kopfläuse können nicht springen«, sagte ich. »Sie können nur krabbeln. Um sich anzustecken, muss man die Köpfe aneinanderhalten.«

»Daniel, das ist richtig.«

Schamesröte trat mir ins Gesicht. Ich war im Betrügen so mies wie der Millionenbetrüger. Ich konnte ebenso gut gleich aufgeben.

»Wenn man die Anzahl der Tage, die eine Woche hat, zu der Zahl der Monate, die ein Jahr hat, addiert, was kommt dann heraus?«

Ich überlegte, dass es neunzehn sein müsste, aber das erschien mir zu leicht, und Gordon sagte mir nichts ins Ohr. Ich zögerte den Bruchteil einer Sekunde.

In diesem Sekundenbruchteil haute Gruselhirn so fest auf seinen Buzzer, dass sein Pult auf den Boden krachte.

»Neunzehn!«, rief Gordon.

»Neunzehn, du Idiot, das weiß ja sogar ich!«, stöhnte Freddo.

»Neunzehn«, sagte Gruselhirn. Ohne das Pult und den Buzzer wirkte er etwas verloren.

Bockmist! Ich hatte meine Chance verpasst.

»Schnitt!«, rief der Regisseur. »Was ist hier los?«

Ich hatte gewusst, dass es neunzehn war! Wenn ich nicht auf Gordons Einflüsterung gewartet hätte, dann hätte ich automatisch gebuzzert, noch vor Gruselhirn.

Jede Menge Fernsehleute huschten herbei, um Gruselhirns Pult wieder aufzurichten. Das Bühnenlicht wurde gedimmt und das Raumlicht ging an. Zum ersten Mal konnte ich die Zuschauer sehen. Mum, Dad und Jessie saßen direkt vor mir, fast so nah wie Max Novel.

Mum winkte. Dad streckte den Daumen nach oben. Jessie machte ein Foto mit ihrem Handy.

Mein Magen machte einen doppelten Rückwärtssalto mit Dreifachschraube. Meine Familie war DIREKT HIER. Nur wenige Meter entfernt!

Bis jetzt hatte ich sie nicht gesehen, aber sie hatten mich sehen können. Sie hatten mich wahrscheinlich genau beobachtet und gehofft, dass ich alles richtig beantworten würde. Hatten sie mich an der Brille herumfummeln gesehen? Hatten sie bemerkt, dass ich schummelte?

Eine Visagistin tupfte mir etwas Puder in mein knallrotes Betrügergesicht.

Was tat ich denn da? Warum machte ich das?

Ich war kein Superhirn, aber ich konnte einige der Fragen beantworten. Jedenfalls dann, wenn ich sie hörte. Es war also doch nicht die große Blamage. Für eine Hohlbirne schlug ich mich ganz gut. Ich war in der Superhirn-Meisterschaft, und selbst wenn ich keine weitere Frage beantworten konnte, so war ich doch nicht als Erster ausgeschieden.

Ich wollte niemals betrügen. Ich hatte vielleicht nicht das Superhirn-Gen meiner Eltern geerbt, aber ich war ein wahrer Kendal, wenn es um Aufrichtigkeit ging. Und die ganzen aufrichtigen Kendals saßen im Zuschauerraum und vertrauten darauf, dass ich mein Bestes gab.

»Stellen Sie die Frage noch einmal«, sagte der Aufnahmeleiter.

»Das ist unfair!«, sagte Chillhirn. »Jetzt kennen alle die Antwort schon.«

»Ich stelle eine neue Frage«, sagte Max Novel.

»Kamera. Action.«

»Welches Land ist bekannt für seinen Haggis?«, fragte Max Novel. Ich hatte keine Ahnung, aber ich beugte mich vor und legte die Schummelbrille unter meinen Stuhl. Ich brauchte sie nicht mehr. Ich würde die Fragen ganz allein beantworten.

# 21. DER GROSSE SHOWDOWN

Die Fragen folgten Schlag auf Schlag. Chillhirn beantwortete die meisten davon, dicht gefolgt von Schlangenhirn und Gruselhirn. Ich saß schweigend da und wusste, dass ich ausscheiden würde, falls ich nicht bald eine Frage beantworten konnte.

»Wie heißen die fünf Mitglieder von *One Direction*?«

Meine Hand schoss vor und schlug so fest auf den Buzzer, wie Jessie mich schlagen würde, falls ich die Frage falsch beantwortete.

»Niall Horan, Zayn Malik, Liam Payne, Harry Styles und Louis Tomlinson.«

»Richtig!«

»Gut gemacht, Bruderherz!«, kreischte Jessie im Publikum. »Wir lieben *One Direction*!«

Aus einer anderen Ecke des Zuschauerraums kam ein Buhruf und unter mir wackelte die Schummelbrille. Freddo würde mich in alle Ewigkeit damit aufziehen.

Ich duckte mich tiefer in meinen Stuhl und wäre am liebsten im Boden versunken. Aber wenigstens hatte Jessie mir geholfen, eine Frage richtig zu beantworten.

Schnöselhirn schied aus.

»Welches Denkmal steht am Trafalgar Square in London?«

Ich wusste es! Wir hatten letztes Jahr einen Wochenendausflug dorthin gemacht. Aber als ich antworten wollte, hatte Schlangenhirn schon gebuzzert.

»Die Nelsonsäule.« Sie sah zu mir rüber und streckte mir die Zunge raus. Ihre Zunge war nicht gespalten. Sie war eine falsche Schlange.

Ha! Der würde ich es zeigen. Einer falschen Schlange konnte ich allemal das Wasser reichen. Ich musste nur schneller buzzern als sie.

»Wie nennt man eine Zahl mit hundert Nullen?«, fragte Max Novel.

BUZZZZZZZZZZZ!

»Ein Googol«, sagte ich.

»Richtig.«

Danke, Millionenbetrüger! Hättest du nicht geschummelt, hätte ich die Frage nicht auf YouTube gesehen und hätte sie nie und nimmer beantworten können. Ich hatte zwar keine Million Pfund gewonnen, aber ich war immer noch im Rennen.

Das machte sogar Spaß! Ich brauchte nicht zu betrügen. Ich wusste tatsächlich einige Antworten, und es war mir egal, ob ich siegen würde oder nicht.

Meine Familie würde stolz auf mich sein.

Meine Freunde würden begeistert sein. Ich war ein Fernsehstar.

Mr Pitdown würde durchdrehen, weil ich seine Vorurteile über mich widerlegt hatte.

Mr Biggend würde vielleicht den Mathe-Tag durchführen. Vielleicht auch nicht. Es spielte keine Rolle. Ich könnte sogar selber eine Party für die ganze Schule veranstalten.

Am wichtigsten aber war, dass ich der Welt zeigte, dass ich keine doofe, einfältige Hohlbirne war.

Jetzt waren nur noch drei übrig, Schlangenhirn, Chillhirn und ich – Wenighirn. Aber ich hatte anscheinend genug Verstand, um an dieser Meisterschaft teilzunehmen.

»Wie lauten die ersten Zeilen der *Bohemian Rhapsody* der Gruppe *Queen*?«

*»Is this the real life? Is this just fantasy?«* Das kam mir so automatisch über die Lippen, dass ich nicht sicher war, ob ich es gesagt oder gesungen hatte. Aber niemand lachte, darum war ich wohl damit durchgekommen. Bevor ich blinzeln konnte, feuerte Max Novel die nächste Frage ab.

»Was ist das chemische Symbol für Kalium?«

Wir hauten alle drei auf die Buzzer, aber Chillhirn war am schnellsten.

»K«, sagte sie.

Ich hatte gewusst, dass es K war! Die Frage war doch leicht gewesen.

»Was ist Reiki?«

Was war hier los? Die Fragen waren wie für mich gemacht. Alle. Aber ich kam nicht dazu, meine Antwort abzugeben, die gelautet hätte: »Eine Methode, mit der man im Internet surfen kann.«

Schlangenhirn war mal wieder schneller.

»Eine Pflanzengattung«, sagte sie.

»Falsch«, sagte Max Novel. »Reiki ist eine spirituelle japanische Heilmethode. Du scheidest aus.«

Na klar! Das hatte Gordon auch gesagt. Er hatte Reiki nur als Surfmethode ausprobiert.

»Neiiiiin!«, heulte Schlangenhirn. »Ich dachte, Sie hätten Rauke gesagt.« Ihre Augäpfel wurden grellgrün und ihre Pupillen verengten sich zu Schlitzen. Jetzt sah sie aus wie eine *richtige* Schlange.

»Stellen Sie mir eine andere Frage! Egal welche. Wenn ich die falsch beantworte, gehe ich. Aber geben Sie mir noch eine Chance!«

Der Aufnahmeleiter ließ die Kameras abschalten. Empörte Laute wogten durch den Zuschauerraum. Ich sah zu Chillhirn rüber und rollte mit den Augen. Sie glättete beide Augenbrauen, dann überprüfte sie, ob über ihren Ohren Haare abstanden, und am Ende zupfte sie sich an der Nasenspitze, bevor sie wegsah. Es war das gleiche Ritual, das Gordon seit einiger Zeit vollzog. Sie war eine weibliche Version von Gordon, nur mit Haargel und schwarzem Kajal. Irre! Vielleicht war sie seine Zwillingsschwester und die beiden waren bei der Geburt getrennt worden.

Max Novel und die Schiedsrichterin ohne Pfeife kamen rüber, um mit Schlangenhirn zu reden.

»Deine Zeit im Finale der Superhirn-Meisterschaft ist um«, sagte Max Novel.

Schlangenhirn schlang die Arme um ihren Körper und streckte die Zunge raus. Ich glaube, diesmal war sie gespalten.

»Gemäß Vorschrift 3.2 der Spielregeln«, sagte die

Schiedsrichterin mit leiser, ruhiger Stimme, »scheidest du aus, weil du eine Frage falsch beantwortet hat. Du musst die Show verlassen.«

»Zwingen Sie mich doch!«, zischte Schlangenhirn. Sie zog ein paar Nadeln aus ihren Haaren und die Locken drehten sich blitzschnell auf.

Ich schloss die Augen, falls sie eine Gorgone war und uns alle in Stein verwandeln wollte. Aber als niemand zu schreien anfing, öffnete ich die Augen wieder.

Schlangenhirn war keine Gorgone. Sie war nur ein Superhirn, das verzweifelt versuchte, im Rennen zu bleiben. Sie schlang einige ihrer langen, dicken Haarsträhnen um die Lehne des Stuhls, auf dem sie saß, und verknotete die Enden mit einem Doppelknoten.

»Wieso geht es nicht weiter?«, krakeelte eine bekannte Stimme aus dem Publikum. Die Schummelbrille an meinem Fuß vibrierte. Das war eindeutig Freddo.

»Wir ersticken«, hörte ich Gordon rufen. Er erstickte womöglich wirklich. Und zwar an Freddos stinkenden Rülpsern.

Die Zuschauer begannen, langsam und rhythmisch zu klatschen. Ich glaube, Schlangenhirn merkte gar nicht, dass alle sie drängten zu gehen.

Vier Wachmänner mussten kommen, um das kreischende Superhirn samt Stuhl hochzuheben und von der Bühne zu tragen. Das langsame Klatschen wurde schneller und mündete in Applaus, als sie durch die Studiotür verschwand und ihre Schreie von der schalldämmenden Tür verschluckt wurden.

Damit blieben nur Chillhirn und ich.

Die beiden Letzten.

# 22. DAS FINALE

»Glückwunsch, Arabella und Daniel«, sagte Max Novel, als die Kameras wieder liefen.

Chillhirn hieß Arabella! Sie sah nicht wie eine Arabella aus. Sie sah aus wie ein Sid.

»In der letzten Runde gelten nun etwas andere Regeln«, fuhr Max Novel fort. »Wenn einer von euch eine Frage falsch beantwortet, scheidet er NICHT sofort aus. Ich richte die Frage dann an den anderen Teilnehmer. Wenn der ebenfalls falsch antwortet, scheidet keiner aus, und ich stelle die nächste Frage. Falls jedoch der zweite Teilnehmer die Frage richtig beantwortet, ist er der Sieger.«

Wenn ich also buzzerte und falsch antwortete, war ich nicht draußen, falls Chillhirn die Antwort ebenfalls nicht wusste. Aber Chillhirn war viel schlauer als ich. Sie wusste womöglich ALLES.

»Seid ihr bereit?«, fragte Max Novel.

»Fahren Sie bitte fort«, sagte Chillhirn. Sie hörte sich sogar an wie Gordon.

Ich nickte nur, denn meine Kehle war so trocken, dass ich nichts sagen konnte.

»Was ist Chanukka?«

Ich hatte keinen Schimmer.

Chillhirn buzzerte und sagte: »Eine Süßigkeit aus dem Mittleren Osten, die aus Sesamsamen hergestellt wird.«

Das war's. Das Aus für mich. Ich hatte verloren, aber es machte mir nichts. Ich hatte mich besser geschlagen, als mir irgendjemand zugetraut hätte. Nur Mr Biggend würde enttäuscht sein. Aber um ehrlich zu sein, kümmerte mich das nicht, da er sich nicht mal meinen Namen gemerkt hatte.

»Falsch!«, sagte Max Novel.

Wow! Etwas Machtvolles schoss durch meinen Körper und es waren keine unterdrückten Blähungen. Eher so etwas wie Begeisterung.

Die Zuschauer raunten. Arabella Chillhirn war die stärkste Teilnehmerin der Superhirn-Meisterschaft gewesen und hatte bis jetzt alles gewusst.

Dummerweise wusste ich die Antwort auch nicht.

»Daniel, du darfst die Frage beantworten. Chanukka?«

»Ich muss passen«, sagte ich mit heiserer Stimme, die klang, als gehörte sie zu jemand anderem.

»Chanukka ist ein jüdisches Fest«, sagte Max Novel.

Eins stand mal fest: Ich war kein Superhirn.

Aber im Moment war Chillhirn auch keins.

Sie war genauso ein Erbsenhirn wie ich.

Keiner der Teilnehmer wusste alles. Wir hatten alle ein bisschen Allgemeinwissen. Die wussten Dinge. Ich wusste andere Dinge. Keiner wusste alles. Nicht einmal Gordon. Ich wette, wenn Harry Styles und die anderen von *One Direction* jetzt hereinspaziert kämen, würde er sie nicht mal erkennen. Aber ich schon. Sogar Timmy. Und Jessie würde sich in die Hosen machen.

»Nächste Frage. Wie heißt die Hauptstadt von New Mexico, USA?«

Ha! Ich schlug auf den Buzzer.

Max Novel sah mich an.

Ich wusste die Antwort, aber mein Gehirn fror plötzlich ein. Ich konnte den Ort auf der Karte sehen. Ich konnte Mr Sacks Gesicht sehen. Ich konnte hören, wie Jessie sagte, dass sie nicht dorthin ziehen wollte, nach …

»Al-al-alber-quickly«, stammelte ich.

Das klang nicht richtig. Der Raum um mich herum begann zu verschwimmen. Ich hielt mich an dem Pult vor mir fest, falls ich ohnmächtig werden sollte.

Max Novel flüsterte der Schiedsrichterin neben sich etwas zu. Sie schüttelte den Kopf. Max Novel nickte.

»Es tut mir leid, Daniel, aber das ist falsch. Die richtige Antwort lautet Albuquerque. Deine Aussprache war nicht nahe genug dran, um als richtig gewertet zu werden, aber doch so ähnlich, dass ich die Frage nicht an Arabella weiterreichen kann. Nächste Frage. Wie groß ist in etwa die Zahl Pi als –?«

Chillhirn buzzerte, noch bevor Max Novel die Frage zu Ende gestellt hatte.

»3,1415926535.« Sie sah triumphierend in die Runde, während sie die Ziffern runterbetete, die Gordon mir genannt hatte.

Natürlich stimmte es. Alle Superhirne kennen die Zahl Pi bis zur zillionsten Nachkommastelle. Nur Hohlbirnen wie ich kennen sie nicht.

Es wurde gespenstisch still im Saal, als alle Zuschauer den Atem anhielten und darauf warteten, dass Max Novel Chillhirn zur Siegerin kürte.

Aber aus irgendeinem Grund beriet sich Max Novel noch einmal mit der Schiedsrichterin. Sie legte die Finger an die Stirn und schloss die Augen, während sie kaum hörbar vor sich hin murmelte. Dann sagte Max Novel:

»Es tut mir leid, Arabella, aber das ist nicht richtig.«

»Ist es doch!«, beharrte Arabella.

»Du hast geantwortet, bevor ich die Frage zu Ende gestellt habe, und hast darum falsch geantwortet.«

Arabella schnaubte. Ich sah nicht hin, aber ich glaubte, Rauch zu riechen.

Max Novel wandte sich an mich. Das Fernsehteam drehte alle Scheinwerfer in meine Richtung, als wollten sie mein Gehirn ausleuchten. Ich war geblendet und schwitzte. Es war genau die Art von Hitze, die vermutlich Gehirnzellen zerstört. Ich konnte nichts sehen, aber alle sahen mich. Doch daran war ich gewöhnt. Genau diese Bedingungen hatten wir vor dem Backofen nachgestellt.

»Daniel, falls du diese Frage richtig beantworten kannst, wirst du Englands Superhirn-Champion.«

Das war ein sehr großes FALLS.

Arabella Chillhirn hatte falschgelegen. Wie also lautete die ganze Frage? Ich hatte ja nicht mal kapiert, was es mit diesem Pi auf sich hatte. Ich würde die Antwort niemals wissen. Ich würde nicht gewinnen. Das wusste ich. Aber ich konnte auch nicht verlieren. Falls ich die Frage falsch beantwortete, würden Chillhirn und ich eine weitere Frage gestellt bekommen.

Max Novel räusperte sich und wiederholte die Frage.

»Wie groß ist in etwa die Zahl Pi als Bruch ausgedrückt?«

Meine Eingeweide zogen sich schmerzvoll zusammen. Ich hasste Brüche! Gordon hatte über Pi als Dezimalzahl gesprochen. Diese lange Reihe, die Chillhirn ausgespuckt hatte. Aber sie war falsch gewesen. Es musste noch eine andere Zahl geben. Leider war ich so damit beschäftigt gewesen, mit Freddo herumzualbern, dass ich nicht richtig zugehört hatte. Gordon hatte irgendwelche seltsamen Reime als Eselsbrücke aufgesagt. Die hatten mit Hühnern zu tun, aber da ging es um Kugeln und Pi hoch irgendwas. Das war mir alles wirklich zu hoch. Und überhaupt ging es um einen Bruch, also zwei Zahlen übereinander.

»Ich brauche eine Antwort«, sagte Max Novel. »Wenn du willst, kannst du passen.«

Freddo hatte etwas gezeichnet, nicht wahr?

Ich schloss die Augen und wühlte in meinem verschmurgelnden Gehirn herum, wie ich es Gordon schon hundert Mal hatte machen sehen.

Ich erinnerte mich, wie Freddo einen Vogel zeichnete. Nein, keinen Vogel, eine Ente!

Meine Augen klappten auf. Ich kannte die Antwort. Zwei kleine Enten über der Glückszahl Sieben.

»Zweiundzwanzig geteilt durch sieben!«

Ich sprach die Worte aus. Aber zu der Erkenntnis hatten mir Gordon und Freddo verholfen. Und zwar nicht dank der Schummelbrille, sondern weil sie für mich da gewesen waren, als ich sie brauchte.

Sie mochten sich nicht besonders. Wenn sie gemeinsam eine wichtige Mission erfüllen sollten, stritten sie sich unentwegt. Aber wenn wir zu dritt waren, funktionierten wir als Team. Als geniales Team.

»Zweiundzwanzig geteilt durch sieben ist ...« Max Novel machte eine dieser überaus nervigen dramatischen Pausen, die in jeder Quizsendung gemacht werden. Aber ich blieb ruhig. Ich wusste dank meiner beiden besten Freunde, dass meine Antwort richtig war.

»... richtig«, rief Max Novel. »Daniel Kendal, du bist dieses Jahr Englands Superhirn!«

# 23. Superhirne unter sich

Die Zuschauer flippten aus. Ich konnte sie wegen des Scheinwerferlichts nicht sehen, aber ich konnte sie klatschen und pfeifen hören. Ich hörte aus dem Tumult heraus, wie Freddo »GROSSARTIG« brüllte und Gordon »BRAVO!« kreischte.

Sie jubelten mir alle zu. Daniel Kendal.

Das Superhirn.

Wie verrückt war das denn?

Arabella Chillhirn neben mir stand auf. Ihre Punkfrisur war zusammengefallen und ihr schwarzes Make-up lief ihr die Wangen hinunter. Es war entweder in der Scheinwerferhitze geschmolzen oder sie hatte geheult.

»Pech gehabt«, sagte ich. »Du warst toll.« Ich hielt ihr die Hand hin.

Sie zog fingerlose Lederhandschuhe über, bevor sie meine Hand ergriff, und selbst da achtete sie darauf, dass ihre Fingerspitzen meine Haut nicht berührten.

»Nicht so toll wie du«, sagte sie mechanisch. Sie nickte einmal, dann ging sie. Ich glaube, sie wollte ihr Make-up auffrischen.

Das Fernsehteam trat in Aktion. Sie ordneten die Kameras, Scheinwerfer und Tische neu an. Ich wurde auf ein kleines Podium vorne an der Bühne geschoben.

Max Novel sagte etwas, aber ich hörte nichts, also nickte ich und grinste wie ein Trottel. Er drückte mir einen großen Pokal in die Hand und die Zuschauer jubelten.

Ich wusste nicht, was ich machen sollte. Ich war noch nie zuvor ein Superhirn gewesen.

Aber das war nicht so schlimm, denn plötzlich setzte die Musik ein und die Sendung war vorbei. Die Scheinwerfer erloschen, das normale Raumlicht ging an, und auf einmal waren alle, die mir wichtig waren, bei mir auf der Bühne. (Außer Timmy, der in der Kita war.)

Dad umarmte mich.

Mum umarmte mich.

Jessie nannte mich Super-Dan.

Freddo umarmte mich. Ich würde ihm meine Dose Azteken-Dämmerung schenken. Er konnte sie gebrauchen.

Gordon umarmte mich ganz kurz, ohne mich dabei überhaupt zu berühren.

»Ich werde ihnen sagen, dass sie deinen Namen auf den Pokal gravieren sollen, Gordon«, sagte ich. »Ohne dich hätte ich es nicht geschafft.«

»Das wird nicht nötig sein, Daniel«, sagte er. »Du hast gewonnen. Du bist der Sieger.«

»Danke, Kumpel. Ich meine, Gordon. Ich meine, Mr Franks. Ich bin dieses Jahr der Sieger, aber du bist für alle Zeiten ein Genie.«

»Gibt es zu dem Pokal auch Bargeld?«, fragte Freddo. »Du schuldest mir noch zehn Pfund und ich verhungere.«

»Sorry, Freddo«, sagte ich. »Es gibt nur das hier und das kann man nicht essen.« Ich hielt den Pokal hoch.

»Bitte lächeln!«, sagte Jessie und machte mit ihrem Handy ein Foto vom Team Superhirn.

Ich hoffte, sie würde es auf Facebook stellen.

Mr Biggend und Mr Pitdown kamen zu uns auf die Bühne. Mr Biggends Lächeln war so breit wie sein ganzes Gesicht. Mr Pitdowns Lippen waren so fest aufeinandergepresst, dass er nicht lächeln konnte.

»Herzlichen Glückwunsch, Mr und Mrs Daniels«, sagte Mr Biggend. »Was für ein Erfolg! Der Superhirn-Pokal kehrt dahin zurück, wo er hingehört. An meine Schule.« Er nahm mir den Pokal ab und starrte bewundernd auf sein Spiegelbild in den vielen silbernen Verzierungen.

»Das gehört Daniel!« Jessie riss Mr Biggend den Pokal aus den Händen. »Der kommt in unseren Schrein der Anerkennung, wo er hingehört.«

»Herzlichen Glückwunsch, Daniel.« Mr Pitdown hob seine Mr-Spock-Braue. »Ein wirklich er-staun-licher Erfolg.«

»Ist er nicht genial?« Mum umarmte mich wieder.

»Ja, nicht wahr?«, sagte Mr Pitdown. Irgendwie wusste ich, dass er mich nicht für genial hielt. Er hielt mich für einen Betrüger. »Gut, dass du den zweiten Namen von Captain James T. Kirk kennst«, sagte er. »Sonst wärst du als Erster rausgeflogen.«

Freddo trat vor und legte den Arm um mich. »Das weiß ja sogar ich«, sagte er. »Man muss keine Plastikohren haben, um sich mit *Star Trek* auszukennen.«

Mr Pitdown wurde rot. Er dachte, es wäre sein Geheimnis, dass er sich in seiner Freizeit als Mr Spock verkleidete. Aber Freddo, Gordon und ich hatten ihn in der Nacht, als meine Eltern gekidnappt wurden, zusammen mit seinen Trekkie-Freunden gesehen. Er trug künstliche Ohren und hatte keinen Tropfen vulkanisches Blut in sich. (Doch das ist eine andere Geschichte.)

»Ich denke, wir sollten lieber nach Hause gehen«, sagte Mum. »Da sind mehr Gehirnzellen.«

# 24. WAS SUPERHIRNE WIRKLICH WOLLEN

Als ich am nächsten Morgen aufwachte, fühlte ich mich zum ersten Mal als vollwertiges Mitglied der Familie Kendal. Ich würde Freddo sagen, dass die Hohlbirnen-Meisterschaft vorbei war. Es gefiel mir zu Abwechslung ganz gut, schlau zu sein. Wenn ich mal groß bin, kann ich vielleicht genau wie Dad Dozent an einer Uni werden. Allerdings müsste mein Fachgebiet *Star Trek* oder die *Simpsons* sein.

»Dad?«, sagte Jessie beim Frühstück. »Du hast gesagt, wenn Dan gewinnt, kann er alles haben, was er will. Was bekommt er?«

»Was möchtest du, Dan?«, murmelte Dad. Er sah zu Mum rüber, die die Augenbrauen hob.

Unter dem Tisch stieß Jessie mich an.

»Ich könnte wirklich gut einen Laptop gebrauchen«, sagte ich.

Jessie trat fester zu.

»Aber ich schätze, ich muss damit warten, bis wir in die USA gezogen sind, falls es dort andere Stromanschlüsse gibt oder so.«

Dad kaute auf seiner Unterlippe, als würde ihn etwas beschäftigen. »Möchtest du denn nach Amerika?«, fragte er dann.

»Eigentlich nicht«, sagte ich. »Ich würde lieber hierbleiben bei Freddo und Gordon.«

»Wie sieht's bei dir aus, Jessie?«

»Ich gehe nirgendwohin«, sagte Jessie. »Ich bleibe hier bei Dazzer.«

»Wer ist Dazzer?«, fragte Dad.

Jessie wurde purpurrot.

»Jessies Freund«, sagte ich.

»Und der ist hier!« Jessie haute mit der Faust auf den Tisch. »Nicht in Albu-was-auch-immer.«

»Und was ist mit dir, Liz?«

»Mir gefällt es hier«, sagte Mum.

»Ich dachte, du wolltest gern nach Amerika?«, meinte Dad.

»Nur für einen Urlaub!«, sagte Mum. »Doch nicht für immer!«

»Liz, Schatz!« Dad zog Mum an sich. »Ich bin ja so froh. Als wir gestern an der Universität waren, habe ich mit dem Fachbereichsleiter gesprochen, und er hat mir hier eine Beförderung angeboten. Ich wollte nicht wirklich in die Staaten. Aber ich dachte, dass du es dir wünschst. Darum habe ich mich für den Job dort beworben.«

»Ich möchte nirgendwohin«, sagte Mum. »Ich weiß genau, wie die Dinge hier laufen. Ich liebe meinen neuen Job. Ich möchte nicht nach Albuquerque.«

»Ich auch nicht!«, sagte Jessie.

»Ich auch nicht!«, sagte ich.

»Okay, wir bleiben hier!« Dad umarmte Mum ganz fest und küsste sie dann mitten auf den Mund.

»Ich möchte den Namen Albu-sonst-was nie wieder hören«, sagte Jessie.

»Ich auch nicht!«, sagte Mum.

»Ich auch nicht!«, sagte ich.

»Dann erkläre ich dieses Haus jetzt zur Albuquerque-freien Zone!«, sagte Dad.

Wow! Ich habe so viel mit meiner Familie gemeinsam! Wir hassen alle Albuquerque.

# 25. ÄRGER MIT BRIEFEN

Heute bekamen wir nur einen einzigen Brief und der war seltsamerweise an mich adressiert.

**INTERNATIONALE INTELLIGENZBESTIEN ORGANISATION**

Lieber Daniel Kendal,

herzlichen Glückwunsch zum Sieg in der Superhirn-Meisterschaft Deines Landes.
Dein Preis ist ein Pokal, den Du ein Jahr lang behalten darfst, sowie die Teilnahme an der Superhirn-Weltmeisterschaft. Du und Deine Familie reisen auf unsere Kosten.
Ich bin sicher, dass Du wie die anderen Superhirn-Champions rund um den Erdball gleich damit beginnen wirst, Dich durch intensives Lernen auf dieses internationale Ereignis vorzubereiten, das weltweit ausgestrahlt werden wird.

Auf der Rückseite findest Du alle Informationen über den Austragungsort der diesjährigen Weltmeisterschaft.
Viel Glück! Wir freuen uns auf Dich und Deinen schlauen Kopf.

C. Ranium

Mit freundlichen Grüßen
Professor C. Ranium

Mir flog fast das Gehirn aus dem Schädel.

NIE IM LEBEN
WÜRDE ICH
JEMALS WIEDER
AN EINER
SUPERHIRN-MEISTERSCHAFT
TEILNEHMEN!

Da erlaubte sich doch jemand einen schlechten Scherz mit mir.

Ich las den Brief wieder und wieder, aber es stand immer noch dasselbe drin.

Ich überprüfte das Datum. Es war leider kein Aprilscherz.

Ich studierte die Briefmarke auf dem Umschlag ganz genau, um zu sehen, ob sie gefälscht war. Ich hoffte, dass Freddo mir einen seiner Streiche gespielt hatte. Doch sie sah echt aus.

Ich setzte mich auf die Treppe und stützte meinen Kopf mit meinem winzig kleinen Gehirn darin in meine Hände.

Es war kein Streich.

Ich sollte wirklich an der Superhirn-Weltmeisterschaft teilnehmen.

Na gut, wenigstens sprang dabei ein Familienurlaub heraus, dachte ich.

Ich wendete den Brief, um nachzusehen, wo die Reise hingehen würde.

Hilfe! Jessie wird mich umbringen!

© Liz Emerson

**Jo Franklin** lebt in London und schreibt jeden Tag in der Peckham Library – ihr Lieblingsplatz ist der zwischen den Thrillern und den Science-Fiction-Romanen mit einem großartigen Ausblick auf einen kleinen Londoner Imbiss. Sie mag Katzen, Käse und Schokolade und behauptet von sich, dass Sylvia Plath und der Sänger Morrissey sie beim Schreiben beeinflussen – obwohl man das bei ihren humorvollen Kinderbüchern kaum glauben kann.

© Anke Riedel

**Der Anton** wird 1970 in Hartford/Connecticut (USA) geboren. Mit vier Jahren kommt er nach Deutschland, wo er seither alles bemalt, was halbwegs stillhält: Wände, Klausuren, Autos … 1999 gründet er mit Freunden die FEEDME Design GmbH. Er trägt ganzjährig kurze Hosen – außer bei wichtigen Präsentationen und Gerichtsverhandlungen. Der Anton lebt mit Familie und zwei XXL-Katzen in Köln.

Jo Franklin
**Hilfe, ich bin ein Alien!**
176 Seiten. Hardcover.
Ab 10 Jahren.
ISBN 978-3-649-61763-1

Schlaksig, viel zu groß geraten und irgendwie seltsam – das ist Daniel Kendal. Als seine supernervige Schwester ihm eines Tages eröffnet, er wäre in Wahrheit ein Alien, der auf der Erde ausgesetzt wurde, kommt Dan eine ungeheuerliche Idee: Was, wenn er völlig normal ist und alle anderen die Durchgeknallten sind? Wäre er auf seinem Heimatplaneten vielleicht gar kein seltsamer Freak, sondern beliebt oder sogar cool?
Gemeinsam mit seinen Freunden, dem Computer-Nerd Gordon und dem Furzweltmeister Freddo, heckt Dan einen ziemlich abgedrehten Plan aus. Das Ziel: den Alien Dan zurück nach Hause befördern!

HEUCHLER!
SCHWINDLER!
Daniel Kendal
der Betrüger

„DOBER-
MUM"

CHIPS

YEAH!

PUFF!